EMIL UND DIE DETEKTIVE

Ein Roman für Kinder
von
ERICH KÄSTNER

Illustrationen von
Walter Trier

Cecilie Dressler Verlag · Hamburg
Atrium Verlag · Zürich

147. Auflage
Cecilie Dressler Verlag, Hamburg
Atrium Verlag, Zürich
© Atrium Verlag, Zürich 1935
Das Buch erschien erstmals 1929 im
Williams & Co. Verlag, Berlin
Titelbild und Illustrationen von Walter Trier
Satz: Clausen & Bosse, Leck
Druck und Bindung: Ueberreuter Buchproduktion
Ges.m.b.H., Korneuburg
Printed in Austria 2003
ISBN 3-7915-3012-7

www.cecilie-dressler.de

INHALT

Die Geschichte fängt noch gar nicht an

Euch kann ich's ja ruhig sagen: Die Sache mit Emil kam mir selber unerwartet. Eigentlich hatte ich ein ganz anderes Buch schreiben wollen. Ein Buch, in dem, vor lauter Angst, die Tiger mit den Zähnen und die Dattelpalmen mit den Kokosnüssen klappern sollten. Und das kleine schwarzweiß karierte Kannibalenmädchen, das quer durch den Stillen Ozean schwamm, um sich bei Drinkwater & Co. in Frisco eine Zahnbürste zu holen, sollte Petersilie heißen. Nur mit dem Vornamen natürlich.

Einen richtigen Südseeroman hatte ich vor. Weil mir mal ein Herr mit einem großen Umhängebart erzählt hatte, so was würdet ihr am liebsten lesen.

Und die ersten drei Kapitel waren sogar schon fix und fertig. Der Häuptling Rabenaas, auch »Die schnelle Post« genannt, entsicherte gerade sein mit heißen Bratäpfeln geladenes Taschenmesser, legte kalten Blutes an und zählte, so schnell er konnte, bis dreihundertsiebenundneunzig ...

Plötzlich wusste ich nicht mehr, wie viel Beine ein Wal-

fisch hat! Ich legte mich längelang auf den Fußboden, weil
ich da am besten nachdenken kann, und dachte nach. Aber
diesmal half es nichts. Ich blätterte im Konversationslexi-
kon. Erst im Bande W und dann, vorsichtshalber, noch im
Bande F, nirgends stand ein Wort davon. Und ich musste
es doch genau wissen, wenn ich weiterschreiben wollte.
Ich musste es sogar ganz genau wissen!

Denn wenn in diesem Augenblick der Walfisch mit
dem verkehrten Bein aus dem Urwalde getreten wäre,
hätte ihn der Häuptling Rabenaas, auch »Die schnelle
Post« genannt, unmöglich treffen können.

Und wenn er den Walfisch mit den Bratäpfeln nicht ge-
troffen hätte, wäre das kleine schwarzweiß karierte Kannibalenmädchen, das Petersilie hieß, nie im Leben der
Diamantenwaschfrau Lehmann begegnet.

Und wenn Petersilie der Frau Lehmann nicht begegnet
wäre, hätte sie nie den wertvollen Gutschein gekriegt,
den man in San Franzisko bei Drinkwater & Co. vorzei-
gen musste, wenn man gratis eine funkelnagelneue Zahnbürste wollte. Ja, und dann ...

Mein Südseeroman – und ich hatte mich so darauf ge-
freut! – scheiterte also sozusagen an den Beinen des Wal-
fisches. Ich hoffe, ihr versteht das. Mir tat es schrecklich
Leid. Und Fräulein Fiedelbogen hätte, als ich's ihr sagte,
beinahe geweint. Sie hatte aber gerade keine Zeit, weil

sie den Abendbrottisch decken musste, und verschob das Weinen auf später. Und dann hat sie es vergessen. So sind die Frauen.

Das Buch wollte ich »Petersilie im Urwald« nennen. Ein piekfeiner Titel, was? Und nun liegen die ersten drei Kapitel bei mir zu Hause unter dem Tisch, damit er nicht wackelt. Aber ist das vielleicht die richtige Beschäftigung für einen Roman, der in der Südsee spielt?

Der Oberkellner Nietenführ, mit dem ich mich manchmal über meine Arbeiten unterhalte, fragte mich paar Tage später, ob ich denn überhaupt schon mal unten gewesen sei.

»Wo unten?«, frage ich ihn.

»Na, in der Südsee und in Australien und auf Sumatra und Borneo und so.«

»Nein«, sage ich, »weshalb denn?«

»Weil man doch bloß Dinge schreiben kann, die man kennt und gesehen hat«, gibt er zur Antwort.

»Aber erlauben Sie, bester Herr Nietenführ!«

»Das ist doch klar wie dicke Tinte«, sagt er. »Neugebauers, sie verkehren hier bei uns im Lokal, haben mal ein Dienstmädchen gehabt, die hatte noch nie gesehen, wie man Geflügel brät. Und vorige Weihnachten, wie sie die Gans braten soll, und Frau Neugebauer macht unterdessen Einkäufe und kommt dann wieder, es war eine schöne Bescherung! Das Mädchen hatte die Gans, wie sie in der Markthalle gekauft worden war, in die Pfanne gesteckt. Nicht gesengt, nicht aufgeschnitten und nicht ausgenommen. Es war ein mordsmäßiger Gestank, kann ich Ihnen flüstern.«

»Na und?«, antworte ich. »Sie behaupten doch wohl nicht, dass Gänse braten und Bücher schreiben dasselbe ist? Sie nehmen's mir, bitte, nicht allzu übel, lieber Nietenführ, da muss ich rasch mal lachen.«

Er wartet, bis ich mit Lachen fertig bin. Sehr lange dauert es ja auch nicht. Und dann sagt er: »Ihre Südsee und die Menschenfresser und die Korallenriffe und der ganze Zauber, das ist Ihre Gans. Und der Roman, das ist Ihre Pfanne, in der Sie den Stillen Ozean und die Petersilie und die Tiger braten wollen. Und wenn Sie eben noch nicht wissen, wie man solches Viehzeug brät, kann das ein prachtvoller Gestank werden. Genau wie bei dem Dienstmädchen von Neugebauers.«

»Aber so machen es doch die meisten Schriftsteller!«, rufe ich.

»Guten Appetit!« Das ist alles, was er sagt.

Ich grüble ein Weilchen. Dann fange ich die Unterhaltung wieder an: »Herr Nietenführ, kennen Sie Schiller?«

»Schiller? Meinen Sie den Schiller, der in der Waldschlösschenbrauerei Lagerverwalter ist?«

»Nicht doch!«, sage ich. »Sondern den Dichter Friedrich von Schiller, der vor mehr als hundert Jahren eine Menge Theaterstücke geschrieben hat.«

»Ach so! Den Schiller! Den mit den vielen Denkmälern!«

»Richtig. Der hat ein Stück verfasst, das spielt in der Schweiz und heißt ›Wilhelm Tell‹. Früher mussten die Schulkinder immer Aufsätze drüber schreiben.«

»Wir auch«, sagt Nietenführ, »den Tell kenn ich. Ein großartiges Drama, wirklich wahr. Das muss man dem Schiller lassen. Alles was recht ist. Bloß die Aufsätze waren was Furchtbares. An einen erinnere ich mich sogar noch. Der hieß: ›Warum hat Tell nicht gezittert, als er nach dem Apfel zielte?‹ Ich bekam damals 'ne Fünf. Überhaupt, Aufsätze waren nie meine …«

»Na ja, nun lassen Sie mich mal wieder aufs Rednerpult«, sage ich, »und sehen Sie, obwohl Schiller nie in seinem Leben in der Schweiz war, stimmt sein Theaterstück von Wilhelm Tell bis aufs Komma mit der Wirklichkeit überein.«

»Da hat er eben vorher Kochbücher gelesen«, meint Nietenführ.

»Kochbücher?«

»Freilich! Wo alles drinstand. Wie hoch die Berge in der Schweiz sind. Und wann der Schnee schmilzt. Und

11

wie es ist, wenn's auf dem Vierwaldstätter See ein Gewitter gibt. Und wie es war, als die Bauern gegen den Gouverneur Geßler ihre Revolution machten.«

»Da haben Sie allerdings Recht«, antworte ich, »das hat der Schiller wirklich getan.«

»Sehen Sie!«, erklärt mir Nietenführ und schlägt mit seiner Serviette nach einer Fliege, »sehen Sie, wenn Sie das genauso machen und vorher Bücher lesen, können Sie natürlich auch Ihre Kängurugeschichte über Australien schreiben.«

»Dazu hab ich aber gar keine Lust. Wenn ich Geld hätte, würde ich gern mal hinfahren und mir alles scharf ansehen. Auf der Stelle! Aber Bücher lesen, och …«

»Da will ich Ihnen mal einen prima Rat geben«, sagt er, »das Beste wird sein, Sie schreiben über Sachen, die Sie kennen. Also, von der Untergrundbahn und Hotels und solchem Zeug. Und von Kindern, wie sie Ihnen täglich an der Nase vorbeilaufen und wie wir früher einmal selber welche waren.«

»Aber mir hat doch wer, der einen großen Umhängebart trug und die Kinder wie seine Westentasche kannte, ausdrücklich erklärt, das gefiele ihnen nicht!«

»Quatsch!«, brummt Herr Nietenführ, »verlassen Sie sich auf das, was ich Ihnen sage. Schließlich hab ich ja auch Kinder. Zwei Jungens und ein Mädel. Und wenn ich denen, an meinem freien Tag in der Woche, erzähle, was so hier im Lokal passiert. Wenn einer die Zeche prellt, oder wie damals, als ein beschwipster Gast dem Zigarettenboy eine kleben wollte und stattdessen eine feine Dame traf, die zufällig vorbeiging, dann lauschen meine Kinder, kann ich Ihnen flüstern, als ob's im Keller donnert.«

»Na, wenn Sie meinen, Herr Nietenführ?«, sage ich zögernd.

»Bestimmt! Darauf können Sie Gift nehmen, Herr Kästner«, ruft er und verschwindet; denn ein Gast klopft laut mit dem Messer ans Glas und will zahlen.

Und so habe ich, eigentlich nur, weil der Oberkellner Nietenführ es so wollte, eine Geschichte über Dinge geschrieben, die wir, ihr und ich, längst kennen.

Nun ging ich erst mal nach Hause, lümmelte mich ein bisschen aufs Fensterbrett, blickte die Prager Straße lang und dachte, vielleicht käme unten gerade die Geschichte vorbei, die ich suchte. Dann hätte ich ihr nämlich gewinkt und gesagt: »Ach bitte, kommen Sie doch mal einen Sprung rauf! Ich möchte Sie gerne schreiben.«

Doch die Geschichte kam und kam nicht. Und mich fing schon an zu frieren. Da machte ich das Fenster ärgerlich wieder zu und rannte dreiundfünfzigmal rund um den Tisch. Auch das half nichts.

13

Und so legte ich mich endlich, genau wie vorhin, längelang auf den Fußboden und vertrieb mir die Zeit mit tiefem Nachdenken.

Wenn man so der Länge nach in der Stube liegt, kriegt die Welt ein ganz anderes Gesicht. Man sieht Stuhlbeine, Hausschuhe, Teppichblumen, Zigarettenasche, Staubflocken, Tischbeine; und sogar den linken Handschuh findet man unterm Sofa wieder, den man vor drei Tagen im Schrank suchte. Ich lag also neugierig in meiner Stube, betrachtete mir die Gegend abwechslungshalber von unten statt von oben und bemerkte zu meinem größten Erstaunen, dass die Stuhlbeine Waden hatten. Richtige stramme und dunkelfarbige Waden, als gehörten sie einem Negerstamm an oder Schulkindern mit braunen Strümpfen.

Und während ich noch dabei war, die Stuhlbeine und Tischbeine nachzuzählen, damit ich wüsste, wie viel Neger oder Schulkinder eigentlich auf meinem Teppich herumstünden, fiel mir die Sache mit Emil ein! Vielleicht, weil ich gerade an Schulkinder mit braunen Strümpfen dachte? Oder vielleicht deshalb, weil er mit seinem Familiennamen Tischbein hieß?

Jedenfalls, die Sache mit ihm fiel mir in diesem Augenblick ein. Ich blieb ganz still liegen. Denn mit den Gedanken und mit den Erinnerungen, die sich uns nähern, ist es wie mit verprügelten Hunden. Wenn man sich zu hastig bewegt oder etwas zu ihnen sagt, oder wenn man sie streicheln will – schwupp, sind sie weg! Und dann kann man Grünspan ansetzen, ehe sie sich wieder heranwagen.

Ich lag also, ohne mich zu rühren, und lächelte meinem Einfall freundlich entgegen. Ich wollte ihm Mut machen. Er beruhigte sich denn auch, wurde beinahe zutraulich, kam noch einen und noch einen Schritt näher ... Da packte ich ihn im Genick. Und hatte es.

Das Genick nämlich. Und das war vorläufig alles. Denn es ist ein großer Unterschied, ob man einen Hund am Fell erwischt und festhält oder nur eine Geschichte, an die man sich erinnert. Hat man den Hund am Genick, so hat man wohl oder übel den ganzen Kerl; die Pfoten, die Schnauze, das Schwänzchen und alles Übrige, was so zum Lebendgewicht gehört.

Erinnerungen fängt man anders. Erinnerungen fängt man ratenweise. Erst packt man, vielleicht, ihren Schopf. Dann fliegt das linke Vorderbein herzu, dann das rechte, dann der Podex, dann eine Hinterhaxe, Stück für Stück. Und wenn man schon glaubt, die Geschichte wäre komplett, kommt, ratsch!, noch ein Ohrläppchen angebummelt. Und endlich weiß man, wenn man Glück hat, das Ganze.

Im Film habe ich einmal etwas gesehen, was mich lebhaft an das, was ich eben beschrieb, erinnert. Da stand ein Mann in einem Zimmer und hatte nichts am Leibe als sein Hemd. Plötzlich ging die Tür auf und die Hosen flogen herein. Die zog er an. Dann sauste der linke Stiefel herein. Dann der Spazierstock. Dann der Schlips. Dann der Kragen. Dann die Weste, der eine Strumpf, der andere Stiefel, der Hut, das Jackett, der andere Strumpf, die Brille. Es war toll. Doch zum Schluss war der Mann richtig angezogen. Und es stimmte alles.

Genauso ging mir's mit meiner Geschichte, als ich in der Stube lag und Tischbeine zählte und dabei an Emil dachte. Und auch euch wird's schon manchmal ähnlich gegangen sein. Ich lag da und fing die Erinnerungen auf, die mir von allen Seiten in den Kopf fielen, wie sich das für Einfälle gehört.

Schließlich hatte ich alles hübsch beisammen, und die Geschichte war fertig! Nun brauchte ich mich nur noch hinzusetzen und sie der Reihe nach aufzuschreiben.

Das tat ich natürlich auch. Denn wenn ich's nicht getan hätte, hieltet ihr ja jetzt das fertige Buch von Emil nicht in der Hand. Vorher erledigte ich aber noch ganz schnell etwas anderes. Ich schrieb die Portionen auf, in der Reihenfolge, wie sie durch die Tür auf mich losgerannt waren, bis ich das Ganze beisammen hatte: den linken Stiefel, den Kragen, den Spazierstock, den Schlips, den rechten Strumpf usw.

Eine Geschichte, ein Roman, ein Märchen – diese Dinge gleichen den Lebewesen, und vielleicht sind es sogar welche. Sie haben ihren Kopf, ihre Beine, ihren Blutkreislauf und ihren Anzug wie richtige Menschen. Und wenn ihnen die Nase im Gesicht fehlt oder wenn sie zwei verschiedene Schuhe anhaben, merkt man es bei genauem Zusehen.

Ich möchte euch nun, ehe ich die Geschichte im Zusammenhang berichte, das kleine Bombardement vorführen, das mir die einzelnen Glieder des Ganzen, die Einfälle und die Bestandteile, zuwarf.

Vielleicht seid ihr geschickt genug und könnt euch aus den verschiedenen Elementen die Geschichte zusammenstellen, ehe ich sie erzähle? Es ist eine Arbeit, als solltet ihr aus Bauklötzen, die man euch gibt, einen Bahnhof oder eine Kirche aufbauen; und ihr hättet keinen Bauplan, und kein Klötzchen dürfte übrig bleiben!

Es ist fast so etwas wie eine Prüfung.

Brrr!

Aber es gibt keine Zensuren.

Gott sei Dank!

ERSTENS: Emil persönlich

Da ist, erstens einmal, Emil selber. In seinem dunkelblauen Sonntagsanzug. Er zieht ihn gar nicht gern an und nur, wenn er muss. Blaue Anzüge kriegen so grässlich leicht Flecken. Und dann macht Emils Mutter die Kleiderbürste nass, klemmt den Jungen zwischen ihre Knie, putzt und bürstet und sagt stets: »Junge, Junge! Du weißt doch, dass ich dir keinen andern kaufen kann.« Und dann denkt er immer erst, wenn's zu spät ist, daran, dass sie den ganzen Tag arbeitet, damit sie zu essen haben und damit er in die Realschule gehen kann.

ZWEITENS: Frau Friseuse Tischbein, Emils Mutter

Als Emil fünf Jahre alt war, starb sein Vater, der Herr Klempnermeister Tischbein. Und seitdem frisiert Emils Mutter. Und onduliert. Und wäscht Ladenfräuleins und Frauen aus der Nachbarschaft die Köpfe. Außerdem muss sie kochen, die Wohnung in Ordnung halten, und auch die große Wäsche besorgt sie ganz allein. Sie hat den Emil sehr lieb und ist froh, dass sie arbeiten kann und Geld verdienen. Manchmal singt sie lustige Lieder. Manchmal ist sie krank, und Emil brät für sie und sich Spiegeleier. Das kann er nämlich. Beefsteak braten kann er auch. Mit aufgeweichter Semmel und Zwiebeln.

DRITTENS: Ein ziemlich wichtiges Eisenbahnabteil

Der Zug, zu dem dieses Coupé gehört, fährt nach Berlin. Und voraussichtlich werden in dem Abteil, schon in den nächsten Kapiteln, merkwürdige Dinge passieren. So ein Eisenbahnabteil ist eben doch eine seltsame Einrichtung. Wildfremde Leute sitzen hier auf einem Häufchen und werden miteinander in ein paar Stunden so vertraut, als kennten sie sich seit Jahren. Manchmal ist das ja ganz nett und angebracht. Manchmal aber auch nicht. Denn wer weiß, was es für Menschen sind?

VIERTENS: Der Herr im steifen Hut

Niemand kennt ihn. Nun heißt es zwar, man solle von jedem Menschen, ehe er das Gegenteil bewiesen hat, das Beste annehmen. Aber ich möchte euch doch recht herzlich bitten, in dieser Beziehung etwas vorsichtig zu sein. Denn Vorsicht ist, wie es so schön heißt, die Mutter der Porzellankiste. Der Mensch ist gut, hat man gesagt. Nun, vielleicht ist das richtig. Doch man darf es ihm nicht zu leicht machen, dem guten Menschen. Sonst kann es plötzlich passieren, dass er schlecht wird.

FÜNFTENS: Pony Hütchen, Emils Kusine

Das kleine Kind auf dem kleinen Fahrrad ist Emils Kusine aus Berlin. Manche Leute behaupten, es heißt nicht Kusine, sondern Base. Ich weiß nicht, wie das bei euch zu Hause ist; aber ich nenne meine Kusinen nicht Basen, sondern Kusinen. Und bei Tischbeins ist es genauso. Aber natürlich, wem es nicht passt, der kann das Fremdwort ja durchstreichen und stattdessen »Base« drüber- oder drunterschreiben. Deswegen werden wir uns nicht zanken. Im Übrigen ist Pony Hütchen ein reizendes Mädchen und heißt eigentlich ganz anders. Ihre Mutter und Frau Tischbein sind Schwestern. Und Pony Hütchen ist bloß ein Spitzname.

22

SECHSTENS: Das Hotel am Nollendorfplatz

Der Nollendorfplatz liegt in Berlin. Und am Nollendorfplatz liegt, wenn ich mich nicht zufällig irre, das Hotel, in dem verschiedene Personen der Geschichte zusammentreffen, ohne sich die Hand zu geben. Das Hotel kann aber auch am Wittenbergplatz stehen. Vielleicht sogar am Fehrbelliner Platz. Das heißt: Ich weiß ganz genau, wo es steht! Aber der Wirt kam zu mir, als er hörte, dass ich ein Buch über die Sache schreibe, und sagte, ich solle doch den Platz nicht nennen. Denn es sei begreiflicherweise, sagte er, für sein Hotel keine Empfehlung, wenn man erführe, dass darin »solche« Leute übernachten. Das sah ich denn ein. Und dann ging er wieder.

SIEBENTENS: Der Junge mit der Hupe

Gustav heißt er. Und im Turnen hat er die blanke Eins. Was hat er sonst noch? Ein verhältnismäßig gutes Herz und eine Hupe. Alle Kinder im Viertel kennen ihn und behandeln ihn, als wäre er ihr Präsident. Wenn er durch die Höfe rennt und auf die Hupe drückt, dass sie laut heult, lassen die Jungs alles stehen und liegen, prasseln die Treppe herunter und fragen, was los ist. Meist stellt er dann nur zwei Fußballmannschaften zusammen und sie ziehen auf den Spielplatz. Mitunter dient die Hupe aber auch anderen Zwecken. So zum Beispiel bei der Sache mit Emil.

24

ACHTENS: Die kleine Bankfiliale

In allen Stadtteilen haben die großen Banken ihre Zweigstellen. Dort kann man, wenn man Geld hat, Aktienkäufe in Auftrag geben, und wenn man ein Konto hat, Geld holen. Auch Schecks kann man einlösen, wenn sie nicht »Zur Verrechnung« gehen. Manchmal kommen auch Lehrlinge und Laufmädchen hin und wollen für zehn Mark hundert Zehnpfennigstücke haben, damit ihre Kassiererin Kleingeld zum Herausgeben hat. Und wer Dollars oder Schweizer Franken oder Lire in deutsches Geld umgetauscht haben will, kriegt sie hier gewechselt. Sogar nachts kommen die Leute zuweilen in die Bank. Obwohl dann niemand da ist, der sie bedienen kann. Deswegen bedienen sie sich dann selber.

25

Neuntens: Emils Großmutter

Sie ist die fidelste aller Großmütter, die ich kenne. Dabei hat sie ein Leben lang nichts als Sorgen gehabt. Manchen Menschen macht eben das Lustigsein nicht die geringste Mühe. Für andere ist es dagegen eine anstrengende, ernste Angelegenheit. Früher wohnte Emils Großmutter bei seinen Eltern. Erst als der Klempnermeister Tischbein gestorben war, zog sie zu ihrer anderen Tochter, nach Berlin. Denn Emils Mutter verdiente zu wenig, als dass drei Leute davon hätten leben können. Nun wohnt die alte Frau in Berlin. Und in jedem Brief, den sie schreibt, steht zum Schluss: »Mir geht's gut, was ich von euch auch hoffe.«

26

Zehntens: Die Setzerei der großen Zeitung

Alles, was geschieht, kommt in die Zeitung. Es muss nur ein bisschen außergewöhnlich sein. Wenn ein Kalb vier Beine hat, so interessiert das natürlich niemanden. Wenn es aber fünf oder sechs hat – und das kommt vor! –, so wollen das die Erwachsenen zum Frühstück lesen. Wenn Herr Müller ein anständiger Kerl ist, so will das niemand wissen. Wenn Herr Müller aber Wasser in die Milch schüttet und das Gesöff für süße Sahne verkauft, dann kommt er in die Zeitung. Da kann er machen, was er will. Seid ihr schon einmal nachts an einem Zeitungsgebäude vorbeigekommen? Da klingelt's und tippt's und rattert's, da wackelt die Wand.

27

So, nun wollen wir
aber endlich anfangen!

Erstes Kapitel
EMIL HILFT KÖPFE WASCHEN

So«, sagte Frau Tischbein, »und nun bringe mir mal den Krug mit dem warmen Wasser nach!« Sie selber nahm einen anderen Krug und den kleinen blauen Topf mit der flüssigen Kamillenseife und spazierte aus der Küche in die Stube. Emil packte seinen Krug an und lief hinter der Mutter her.

In der Stube saß eine Frau und hielt den Kopf über das weiße Waschbecken gebückt. Ihre Frisur war aufgelöst und hing wie drei Pfund Wolle nach unten. Emils Mutter goss die Kamillenseife in das blonde Haar und begann, den fremden Kopf zu waschen, dass es schäumte.

»Ist es nicht zu heiß?«, fragte sie.

»Nein, es geht«, antwortete der Kopf.

»Ach, das ist ja Frau Bäckermeister Wirth! Guten Tag!«, sagte Emil und schob seinen Krug unter die Waschtoilette.

»Du hast's gut, Emil. Du fährst nach Berlin, wie ich höre«, meinte der Kopf. Und es klang, als spräche wer, der in Schlagsahne untergetaucht worden ist.

»Erst hatte er zwar keine rechte Lust«, sagte die Mutter und schrubbte die Bäckermeisterin. »Aber wozu soll der Junge die Ferien hier totschlagen? Er kennt Berlin überhaupt noch nicht. Und meine Schwester Martha hat uns schon immer mal einladen wollen. Ihr Mann verdient ganz anständig. Er ist bei der Post. Im Innendienst. Ich kann freilich nicht mitfahren. Vor den Feiertagen gibt's viel zu tun. Na, er ist ja groß genug und muss eben unterwegs gut aufpassen. Außerdem holt ihn meine Mutter am Bahnhof Friedrichstraße ab. Sie treffen sich am Blumenkiosk.«

»Berlin wird ihm sicher gefallen. Das ist was für Kinder. Wir waren vor anderthalb Jahren mit dem Kegelklub drüben. So ein Rummel! Da gibt es doch wirklich Straßen, die nachts genauso hell sind wie am Tage. Und die Autos!«, berichtete Frau Wirth aus der Tiefe des Waschbeckens.

»Sehr viele ausländische Wagen?«, fragte Emil.

»Woher soll ich das wissen?«, sagte Frau Wirth und musste niesen. Ihr war Seifenschaum in die Nase gekommen.

»Na, nun mach aber, dass du fertig wirst«, drängte die Mutter. »Deinen guten Anzug hab ich im Schlafzimmer zurechtgelegt. Zieh ihn an, damit wir dann sofort essen können, wenn ich Frau Wirth frisiert habe.«

»Was für 'n Hemd?«, erkundigte sich Emil.

»Liegt alles auf dem Bett. Und zieh die Strümpfe vorsichtig an. Und wasch dich erst gründlich. Und ziehe dir neue Schnürsenkel in die Schuhe. Dalli, dalli!«

»Puh!«, bemerkte Emil und trollte sich.

Als Frau Wirth, schön onduliert und mit ihrem Spiegelbild zufrieden, gegangen war, trat die Mutter ins Schlafzimmer und sah, wie Emil unglücklich herumlief.

»Kannst du mir nicht sagen, wer die guten Anzüge erfunden hat?«

»Nein, tut mir Leid. Aber warum willst du's wissen?«

»Gib mir die Adresse und ich erschieße den Kerl.«

»Ach, hast du's schwer! Andere Kinder sind traurig, weil sie keinen guten Anzug haben. So hat jeder seine Sorgen ... Ehe ich's vergesse: Heute Abend lässt du dir von Tante Martha einen Kleiderbügel geben und hängst den Anzug ordentlich auf. Vorher wird er mir aber ausgebürstet. Vergiss es nicht! Und morgen kannst du schon wieder deinen Pullover, dieses Räuberjackett, anziehen. Sonst noch was? Der Koffer ist gepackt. Die Blumen für die Tante sind eingewickelt. Das Geld für Großmutter gebe ich dir nachher. Und nun wollen wir essen. Kommen Sie, junger Mann!« Frau Tischbein legte den Arm um seine Schulter und transportierte ihn nach der Küche.

Es gab Makkaroni mit Schinken und geriebenem Parmesankäse. Emil futterte wie ein Scheunendrescher. Nur manchmal setzte er ab und blickte zur Mutter hinüber, als fürchtete er, sie könne ihm, so kurz vor dem Abschied, seinen Appetit übel nehmen.

»Und schreib sofort eine Karte. Ich habe sie dir zurechtgelegt. Im Koffer, gleich obenauf.«

»Wird gemacht«, sagte Emil und schob, möglichst unauffällig, einen Makkaroni vom Knie. Die Mutter merkte glücklicherweise nichts.

»Grüße sie alle schön von mir. Und pass gut auf. In Berlin geht es anders zu als bei uns in Neustadt. Und am Sonntag gehst du mit Onkel Robert ins Kaiser-Friedrich-Museum. Und benimm dich anständig, damit es nicht heißt, wir hier wüssten nicht, was sich gehört.«

»Mein großes Ehrenwort«, sagte Emil.

Nach dem Essen zogen beide in die Stube. Die Mutter holte einen Blechkasten aus dem Schrank und zählte Geld. Dann schüttelte sie den Kopf und zählte noch einmal. Dann fragte sie: »Wer war eigentlich gestern Nachmittag da, hm?«

»Fräulein Thomas«, sagte er, »und Frau Homburg.«

»Ja. Aber es stimmt noch nicht.« Sie dachte nach, suchte den Zettel, auf dem sie die Geschäftseinnahmen notierte, rechnete und meinte schließlich: »Es fehlen acht Mark.«

»Der Gasmann war heute früh hier.«

»Richtig! Nun stimmt es leider.« Die Mutter pfiff sich eins, vermutlich, um ihre Sorgen zu ärgern, und holte drei Scheine aus dem Blechkasten. »So, Emil! Hier sind hundertvierzig Mark. Ein Hundertmarkschein und zwei Zwanzigmarkscheine. Hundertzwanzig Mark gibst du der Großmutter und sagst ihr, sie solle nicht böse sein, dass ich voriges Mal nichts geschickt hätte. Da wäre ich zu knapp gewesen. Und dafür brächtest du es diesmal selber. Und mehr als sonst. Und gib ihr einen Kuss. Verstanden? Die zwanzig Mark, die übrig bleiben, behältst du. Davon kaufst du dir die Fahrkarte, wenn du wieder heimfährst. Das macht ungefähr zehn Mark. Genau weiß ich's nicht. Und von dem Rest bezahlst du, wenn ihr ausgeht, was du isst und trinkst. Außerdem ist es immer gut, wenn man ein paar Mark in der Tasche hat, die man nicht braucht und für alle Fälle parat hat. Ja. Und hier ist das Kuvert von Tante Marthas Brief. Da stecke ich das Geld hinein. Pass mir ja gut auf, dass du es nicht verlierst! Wo willst du es hintun?«

Sie legte die drei Scheine in den seitlich aufgeschnittenen Briefumschlag, knickte ihn in der Mitte um und gab ihn Emil.

Der besann sich erst eine Weile. Dann schob er ihn in die rechte innere Tasche, tief hinunter, klopfte sich, zur

Beruhigung, noch einmal von außen auf die blaue Jacke und sagte überzeugt: »So, da klettert es nicht heraus.«

»Und erzähle keinem Menschen im Coupé, dass du so viel Geld bei dir hast!«

»Aber Muttchen!« Emil war geradezu beleidigt. Ihm so eine Dummheit zuzutrauen!

Frau Tischbein tat noch etwas Geld in ihr Portemonnaie. Dann trug sie den Blechkasten wieder zum Schrank und las rasch noch einmal den Brief, den sie von ihrer Schwester aus Berlin erhalten hatte und in dem die genauen Abfahrtszeiten und Ankunftszeiten des Zuges standen, mit dem Emil fahren sollte ...

Manche von euch werden sicher der Ansicht sein, man brauche sich wegen hundertvierzig Mark wahrhaftig nicht so gründlich zu unterhalten wie Frau Friseuse Tischbein mit ihrem Jungen. Und wenn jemand zweitausend oder zwanzigtausend oder gar hunderttausend Mark im Monat verdient, hat er das ja auch nicht nötig.

Aber, falls ihr es nicht wissen solltet: Die meisten Leute verdienen viel, viel weniger. Und wer pro Woche fünfunddreißig Mark verdient, der muss, ob es euch gefällt oder nicht, hundertvierzig Mark, die er gespart hat, für sehr viel Geld halten. Für zahllose Menschen sind hundert Mark fast so viel wie eine Million, und sie schreiben hundert Mark sozusagen mit sechs Nullen. Und wie viel eine Million in Wirklichkeit ist, das können sie sich nicht einmal vorstellen, wenn sie träumen.

Emil hatte keinen Vater mehr. Doch seine Mutter hatte zu tun, frisierte in ihrer Stube, wusch blonde Köpfe und braune Köpfe und arbeitete unermüdlich, damit sie zu essen hatten und die Gasrechnung, die Kohlen, die Miete, die Kleidung, die Bücher und das Schulgeld bezahlen konnten. Nur manchmal war sie krank und lag zu Bett. Der Doktor kam und verschrieb Medikamente. Und Emil machte der Mutter heiße Umschläge und kochte in der Küche für sie und sich. Und wenn sie schlief, wischte er sogar die Fußböden mit dem nassen Scheuerlappen, damit sie nicht sagen sollte: »Ich muss aufstehen. Die Wohnung verkommt ganz und gar.«

Könnt ihr es begreifen und werdet ihr nicht lachen, wenn ich euch jetzt erzähle, dass Emil ein Musterknabe war?

Seht, er hatte seine Mutter sehr lieb. Und er hätte sich zu Tode geschämt, wenn er faul gewesen wäre, während sie arbeitete, rechnete und wieder arbeitete. Da hätte er seine Schularbeiten verbummeln oder von Naumanns Richard abschreiben sollen? Da hätte er, wenn es sich machen ließ, die Schule schwänzen sollen? Er sah, wie sie sich bemühte, ihn nichts von dem entbehren zu lassen, was die andern Realschüler bekamen und besaßen.

Und da hätte er sie beschwindeln und ihr Kummer machen sollen?

Emil war ein Musterknabe. So ist es. Aber er war keiner von der Sorte, die nicht anders kann, weil sie feig ist und geizig und nicht richtig jung. Er war ein Musterknabe, weil er einer sein wollte! Er hatte sich dazu entschlossen, wie man sich etwa dazu entschließt, nicht mehr ins Kino zu gehen oder keine Bonbons mehr zu essen. Er hatte sich dazu entschlossen, und oft fiel es ihm recht schwer.

Wenn er aber zu Ostern nach Hause kam und sagen konnte: »Mutter, da sind die Zensuren, und ich bin wieder der Beste!«, dann war er sehr zufrieden. Er liebte das Lob, das er in der Schule und überall erhielt, nicht deshalb, weil es ihm, sondern weil es seiner Mutter Freude machte. Er war stolz darauf, dass er ihr, auf seine Weise, ein bisschen vergelten konnte, was sie für ihn, ihr ganzes Leben lang, ohne müde zu werden, tat ...

»Hoppla«, rief die Mutter, »wir müssen zum Bahnhof. Es ist schon Viertel nach eins. Und der Zug geht kurz vor zwei Uhr.«

»Also los, Frau Tischbein!«, sagte Emil zu seiner Mutter. »Aber, dass Sie es nur wissen, den Koffer trage ich selber!«

Zweites Kapitel
WACHTMEISTER JESCHKE BLEIBT STUMM

Vor dem Hause sagte die Mutter: »Falls die Pferdebahn kommt, fahren wir bis zum Bahnhof.«

Wer von euch weiß, wie eine Pferdebahn aussieht? Aber da sie gerade um die Ecke biegt und hält, weil Emil winkt, will ich sie euch rasch beschreiben. Bevor sie weiterzuckelt.

Also, die Pferdebahn ist, zunächst mal, ein tolles Ding. Ferner, sie läuft auf Schienen, wie eine richtige erwachsene Straßenbahn und hat auch ganz ähnliche Wagen, aber es ist eben doch nur ein Droschkengaul vorgespannt. Für Emil und seine Freunde war der Droschkengaul einfach ein Skandal, und sie phantasierten von elektrischen Bahnen mit Ober- und Unterleitung und fünf Scheinwerfern vorn und drei hinten, aber der Magistrat von Neustadt fand, dass die vier Kilometer Schienenstrang ganz gut von einer lebenden Pferdekraft bewältigt werden konnten. Bis jetzt konnte also von Elektrizität gar keine Rede sein, und der Wagenführer hatte nicht das Geringste mit irgendwelchen Kurbeln und Hebeln zu tun, sondern er hielt in der linken Hand die Zügel und in der rechten die Peitsche. Hü hott!

Und wenn jemand in der Rathausstraße 12 wohnte und er saß in der Pferdebahn und wollte aussteigen, so klopfte er ganz einfach an die Scheibe. Dann machte der Herr Schaffner »Brrr!«, und der Fahrgast war zu Hause. Die richtige Haltestelle war vielleicht erst vor der Hausnummer 30 oder 46. Aber das war der Neustädter Straßenbahn G.m.b.H. ganz egal. Sie hatte Zeit. Das Pferd hatte Zeit. Der Schaffner hatte Zeit. Die Neustädter Einwohner hatten Zeit. Und wenn es wirklich einmal jemand besonders eilig hatte, ging er zu Fuß ...

Auf dem Bahnhofsplatz stiegen Frau Tischbein und Sohn aus. Und während Emil den Koffer von der Plattform angelte, brummte eine dicke Stimme hinter ihnen: »Na, Sie fahren wohl in die Schweiz?«

Das war der Polizeiwachtmeister Jeschke. Die Mutter antwortete: »Nein, mein Junge fährt für eine Woche nach Berlin zu Verwandten.« Und Emil wurde es dunkelblau, beinahe schwarz vor Augen. Denn er hatte ein sehr schlechtes Gewissen. Neulich hatte ein Dutzend Realschüler, nach der Turnstunde auf den Flusswiesen, dem Denkmal des Großherzogs, der Karl mit der schiefen Backe hieß, heimlich einen alten Filzhut aufs kühle Haupt gedrückt. Und dann war Emil, weil er gut zeichnen konnte, von den andern hochgestemmt worden, und er hatte dem Großherzog mit Buntstiften eine rote Nase und einen pechschwarzen Schnurrbart ins Gesicht malen müssen. Und während er noch malte, war Wachtmeister Jeschke am andern Ende des Obermarkts aufgetaucht!

Sie waren blitzartig davongesaust. Doch es stand zu befürchten, dass er sie erkannt hatte.

Aber er sagte nichts, sondern wünschte dem Emil gute Reise und erkundigte sich bei der Frau Mutter nach dem werten Befinden und dem Geschäftsgang.

Emil war trotz alledem nicht wohl zumute. Und als er seinen Koffer über den freien Platz weg zum Bahnhof transportierte, war ihm flau in den Knien. Und jeden Augenblick rechnete er damit, Jeschke werde plötzlich hinter ihm herbrüllen: »Emil Tischbein, du bist verhaftet! Hände hoch!« Doch es geschah gar nichts. Vielleicht wartete der Wachtmeister nur, bis Emil wiederkam?

Dann kaufte die Mutter am Schalter den Fahrschein (Holzklasse natürlich) und eine Bahnsteigkarte. Und dann gingen sie auf den Bahnsteig 1 – bitte sehr, Neustadt hat vier Bahnsteige – und warteten auf den Zug nach Berlin. Es fehlten nur noch ein paar Minuten. »Lass nichts liegen, mein Junge! Und setz dich nicht auf den Blumenstrauß! Und den Koffer lässt du dir von jemandem ins Gepäcknetz heben. Sei aber höflich und bitte erst darum!«

»Den Koffer krieg ich selber hoch. Ich bin doch nicht aus Pappe!«

»Na schön. Und verpass nicht auszusteigen. Du kommst 18.17 Uhr in Berlin an. Am Bahnhof Friedrichstraße. Steige ja nicht vorher aus, etwa am Bahnhof Zoo oder auf einer anderen Station!«

»Nur keine Bange, junge Frau.«

»Und sei vor allem zu den anderen Leuten nicht so frech wie zu deiner Mutter. Und wirf das Papier nicht auf den Fußboden, wenn du deine Wurststullen isst. Und – verliere das Geld nicht!«

Emil fasste sich entsetzt an die Jacke und in die rechte Brusttasche. Dann atmete er erleichtert auf und meinte: »Alle Mann an Bord.« Er fasste die Mutter am Arm und spazierte mit ihr auf dem Bahnsteig hin und her. »Und überarbeite dich nicht, Muttchen! Und werde ja nicht krank! Du hättest ja niemanden, der dich pflegen könnte. Ich nähme auf der Stelle ein Flugzeug und käme nach Hause. Und schreib mir auch einmal. Und ich bleibe höchstens eine Woche, dass du's nur weißt.« Er drückte die Mutter fest an sich. Und sie gab ihm einen Kuss auf die Nase.

Dann kam der Personenzug nach Berlin, mit Heulen und Zischen, und hielt. Emil fiel der Mutter noch ein bisschen um den Hals. Dann kletterte er mit seinem Koffer in ein Abteil. Die Mutter reichte ihm die Blumen und das Stullenpaket nach und fragte, ob er Platz hätte. Er nickte.

»Also, Friedrichstraße aussteigen!«

Er nickte.

»Und die Großmutter wartet am Blumenkiosk.«

Er nickte.

»Und benimm dich, du Schurke!«

Er nickte.

»Und sei nett zu Pony Hütchen. Ihr werdet euch gar nicht mehr kennen.«

Er nickte.

»Und schreib mir.«

»Du mir auch.«

So wäre es wahrscheinlich noch stundenlang fortgegangen, wenn es nicht den Eisenbahnfahrplan gegeben hätte. Der Zugführer mit dem roten Ledertäschchen rief: »Alles einsteigen! Alles einsteigen!« Die Wagentüren klappten. Die Lokomotive ruckte an. Und fort ging's.

Die Mutter winkte noch lange mit dem Taschentuch. Dann drehte sie sich langsam um und ging nach Hause. Und weil sie das Taschentuch sowieso schon in der Hand hielt, weinte sie gleich ein bisschen.

Aber nicht lange. Denn zu Hause wartete schon Frau Fleischermeister Augustin und wollte gründlich den Kopf gewaschen haben.

Drittes Kapitel
DIE REISE NACH BERLIN KANN LOSGEHEN

Emil nahm seine Schülermütze ab und sagte: »Guten Tag, meine Herrschaften. Ist vielleicht noch ein Plätzchen frei?«

Natürlich war noch ein Platz frei. Und eine dicke Dame, die sich den linken Schuh ausgezogen hatte, weil er drückte, sagte zu ihrem Nachbarn, einem Mann, der beim Atmen schrecklich schnaufte: »Solche höflichen Kinder sind heutzutage selten. Wenn ich da an meine Jugend zurückdenke, Gott! Da herrschte ein andrer Geist.« Dabei turnte sie im Takte mit den gequetschten Zehen im linken Strumpf herum. Emil schaute interessiert zu. Und der Mann konnte vor Schnaufen kaum nicken.

Dass es Leute gibt, die immer sagen: Gott, früher war alles besser, das wusste Emil längst. Und er hörte überhaupt nicht mehr hin, wenn jemand erklärte, früher sei die Luft gesünder gewesen oder die Ochsen hätten größere Köpfe gehabt. Denn das war meistens nicht wahr, und die Leute gehörten bloß zu der Sorte, die nicht zufrieden sein wollen, weil sie sonst zufrieden wären.

Er tastete die rechte Jackentasche ab und gab erst Ruhe, als er das Kuvert knistern hörte. Die Mitreisenden sahen so weit ganz Vertrauen erweckend und nicht gerade wie Räuber und Mörder aus. Neben dem schrecklich schnaufenden Mann saß eine Frau, die an einem Schal häkelte. Und am Fenster, neben Emil, las ein Herr im steifen Hut die Zeitung.

Plötzlich legte er das Blatt beiseite, holte aus seiner Tasche eine Ecke Schokolade, hielt sie dem Knaben hin und sagte: »Na, junger Mann, wie wär's?«

»Ich bin so frei«, antwortete Emil und nahm die Schokolade. Dann zog er, hinterher erst, hastig seine Mütze, verbeugte sich und meinte: »Emil Tischbein ist mein Name.«

Die Reisegefährten lächelten. Der Herr lüftete seinerseits ernst den steifen Hut und sagte: »Sehr angenehm, ich heiße Grundeis.«

Dann fragte die dicke Dame, die den linken Schuh ausgezogen hatte: »Lebt denn in Neustadt der Schnittwarenhändler Kurzhals noch?«

»Ja freilich lebt Herr Kurzhals noch«, berichtete Emil, »kennen Sie ihn? Er hat jetzt das Grundstück gekauft, auf dem sein Geschäft ist.«

»So, na grüß ihn schön von Frau Jakob aus Groß-Grünau.«

»Ich fahre doch aber nach Berlin.«

»Das hat ja auch Zeit, bis du zurückkommst«, sagte Frau Jakob, turnte wieder mit den Zehen und lachte, dass ihr der Hut ins Gesicht rutschte.

»So, so, nach Berlin fährst du?«, fragte Herr Grundeis.

»Jawohl, und meine Großmutter wartet am Bahnhof Friedrichstraße am Blumenstand«, antwortete Emil und fasste sich wieder ans Jackett. Und das Kuvert knisterte, Gott sei Dank, noch immer.

»Kennst du Berlin schon?«

»Nein.«

»Na, da wirst du aber staunen! In Berlin gibt es neuerdings Häuser, die sind hundert Stockwerke hoch, und die Dächer hat man am Himmel festbinden müssen, damit sie nicht fortwehen ...

Und wenn es jemand besonders eilig hat und er will in ein andres Stadtviertel, so packt man ihn auf dem Postamt rasch in eine Kiste, steckt die in eine Röhre und schießt sie, wie einen Rohrpostbrief, zu dem Postamt, das in dem Viertel liegt, wo der Betreffende hinmöchte ...

Und wenn man kein Geld hat, geht man auf die Bank und lässt sein Gehirn als Pfand dort, und da kriegt man tausend Mark. Der Mensch kann nämlich nur zwei Tage ohne Gehirn leben; und er kriegt es von der Bank erst wieder, wenn er zwölfhundert Mark zurückzahlt. Es sind jetzt kolossal moderne medizinische Apparate erfunden worden und ...«

»Sie haben wohl Ihr Gehirn auch gerade auf der Bank«, sagte der Mann, der so schrecklich schnaufte, zu dem Herrn im steifen Hut und fügte hinzu: »Lassen Sie doch den Blödsinn!«

Der dicken Frau Jakob standen vor Angst die Zehen still. Und die Dame, die den Schal häkelte, hielt inne.

Emil lachte gezwungen. Und zwischen den Herren kam es zu einer längeren Auseinandersetzung. Emil dachte: Ihr könnt mich gern haben!, und packte seine Wurststullen aus, obwohl er eben erst Mittag gegessen hatte. Als er die dritte Stulle kaute, hielt der Zug auf einem großen Bahnhof. Emil sah kein Stationsschild, und er verstand auch nicht, was der Schaffner vor dem Fenster brüllte. Fast alle Fahrgäste stiegen aus; der schnaufende Mann, die häkelnde Dame und auch Frau Jakob. Sie wäre beinahe zu spät gekommen, weil sie ihren Schuh nicht wieder zukriegte.

»Also grüße Herrn Kurzhals schön«, sagte sie noch.

Emil nickte.

Und dann waren er und der Herr mit dem steifen Hut allein. Das gefiel Emil nicht sehr. Ein Mann, der Schokolade verteilt und verrückte Geschichten erzählt, ist nichts

Genaues. Emil wollte, zur Abwechslung, wieder einmal nach dem Kuvert fassen. Er wagte es aber nicht, sondern ging, als der Zug weiterfuhr, auf die Toilette, holte dort das Kuvert aus der Tasche, zählte das Geld – es stimmte immer noch – und war ratlos, was er machen sollte. Endlich kam ihm ein Gedanke. Er nahm eine Nadel, die er im Jackettkragen fand, steckte sie erst durch die drei Scheine, dann durch das Kuvert und schließlich durch das Anzugfutter durch. Er nagelte sozusagen sein Geld fest. So, dachte er, nun kann nichts mehr passieren. Und dann ging er wieder ins Coupé.

Herr Grundeis hatte es sich in einer Ecke gemütlich gemacht und schlief. Emil war froh, dass er sich nicht zu unterhalten brauchte, und blickte durchs Fenster. Bäume, Windmühlen, Felder, Fabriken, Kuhherden, winkende Bauern zogen draußen vorbei. Und es war sehr hübsch anzusehen, wie sich alles vorüberdrehte, fast wie auf einer Grammophonplatte. Aber schließlich kann man nicht stundenlang durchs Fenster starren.

Herr Grundeis schlief immer weiter und schnarchte ein bisschen. Emil wäre gern auf und ab marschiert, aber dann hätte er den andern geweckt, und das wollte er ganz und gar nicht. Er lehnte sich also in die entgegengesetzte Ecke des Coupés und betrachtete den Schläfer. Warum der Mann nur immer den Hut aufbehielt? Und ein läng-

Herr Grundeis schlief und schnarchte ein bisschen.

liches Gesicht hatte er, einen ganz schmalen, schwarzen Schnurrbart und hundert Falten um den Mund, und die Ohren waren sehr dünn und standen weit ab.

Wupp! Emil zuckte zusammen und erschrak. Beinahe wäre er eingeschlafen! Das durfte er unter keinen Umständen. Wenn doch wenigstens noch irgendjemand zugestiegen wäre! Der Zug hielt ein paarmal, aber es kam kein Mensch. Dabei war es erst vier Uhr, und Emil hatte noch über zwei Stunden zu fahren. Er kniff sich in die Beine. In der Schule half das immer, wenn Herr Bremser Geschichte gab.

Eine Weile ging's. Und Emil überlegte sich, wie Pony Hütchen jetzt aussähe. Aber er konnte sich gar nicht mehr auf ihr Gesicht besinnen. Er wusste nur, dass sie während des letzten Besuchs – als sie und die Großmutter und Tante Martha in Neustadt gewesen waren – mit ihm hatte boxen wollen. Er hatte natürlich abgelehnt, weil sie Papiergewicht war und er mindestens Halbschwergewicht. Das wäre unfair, hatte er damals gesagt. Und wenn er ihr einen Uppercut geben würde, müsse man sie hinterher von der Wand runterkratzen.

Sie hatte aber erst Ruhe gegeben, als Tante Martha dazwischenkam.

Schwupp! Er fiel fast von der Bank. Schon wieder eingeschlafen? Er kniff und kniff sich in die Beine. Sicher hatte er schon überall blaue und grüne Flecken. Und trotzdem wollte es nichts nützen.

Er versuchte es mit Knopfzählen. Er zählte von oben nach unten und dann noch einmal von unten nach oben. Von oben nach unten waren es dreiundzwanzig Knöpfe. Und von unten nach oben vierundzwanzig. Emil lehnte sich zurück und überlegte, woran das wohl liegen könnte.

Und dabei schlief er ein.

Viertes Kapitel
Ein Traum, in dem viel gerannt wird

Plötzlich war es Emil, als führe der Zug immer im Kreise herum, wie die kleinen Eisenbahnen tun, mit denen die Kinder im Zimmer spielen. Er sah zum Fenster hinaus und fand das sehr seltsam. Der Kreis wurde immer enger. Die Lokomotive kam dem letzten Wagen immer näher. Und es schien, als täte sie das mit Absicht! Der Zug drehte sich um sich selber wie ein Hund, der sich in den Schwanz beißen will. Und in dem schwarzen, rasenden Kreise standen Bäume und eine Mühle aus Glas und ein großes Haus mit zweihundert Stockwerken.

Emil wollte nach der Zeit sehen und zog die Uhr aus der Tasche. Er zog und zog, und schließlich war es die Standuhr aus Mutters Stube. Er sah aufs Zifferblatt und da stand drauf: › 185 Stunden-Km. Es ist bei Lebensgefahr verboten, auf den Fußboden zu spucken. ‹ Er blickte wieder aus dem Fenster. Die Lokomotive kam dem letzten Wagen immer näher. Und er hatte große Angst. Denn wenn die Lokomotive gegen den letzten Wagen fuhr, gab es natürlich ein Zugunglück. Das war klar. Emil wollte das unter keinen Umständen abwarten. Er öffnete die Tür und lief auf der Trittleiste entlang. Vielleicht war der Lokomotivführer eingeschlafen? Emil blickte, während er nach vorn kletterte, in die Coupéfenster. Nirgends saß jemand. Der Zug war leer. Nur einen einzigen Mann sah Emil, der hatte einen steifen Hut aus Schokolade auf, brach ein großes Stück von der Hutkrempe ab und verschlang es. Emil pochte an die Scheibe und zeigte nach der Lokomotive. Aber der Mann lachte nur, brach sich noch ein Stück Schokolade ab und strich sich über den Magen, weil es ihm so gut schmeckte.

Endlich war Emil am Kohlentender. Dann kletterte er, mit einem tüchtigen Klimmzug, zum Lokomotivführer hinauf. Der hockte auf einem Kutschbock, schwang die Peitsche und hielt die Zügel, als seien Pferde vor den Zug gespannt. Und so war es tatsächlich! Dreimal drei Pferde zogen den Zug. Sie hatten silberne Rollschuhe an den Hufen, fuhren darauf über die Schienen und sangen: Muss i denn, muss i denn zum Städtele hinaus.

Emil rüttelte den Kutscher und schrie: »Durchparieren! Sonst gibt's ein Unglück!« Da sah er, dass der Kutscher niemand anders war als Herr Wachtmeister Jeschke. Der blickte ihn durchdringend an und rief: »Wer waren die anderen Jungens? Wer hat den Großherzog Karl angeschmiert?«

51

»Ich!«, sagte Emil.

»Wer noch?«

»Das sage ich nicht!«

»Dann fahren wir eben weiter im Kreise!«

Und Wachtmeister Jeschke schlug auf seine Gäule los, dass sie sich aufbäumten und dann noch schneller als vorher auf den letzten Wagen losflogen. Auf dem letzten Wagen aber saß Frau Jakob und fuchtelte mit den Schuhen in der Hand und hatte grässliche Angst, weil die Pferde schon nach ihren Zehen schnappten.

»Ich gebe Ihnen zwanzig Mark, Herr Wachtmeister«, schrie Emil. »Lass gefälligst den Blödsinn!«, rief Jeschke und hieb mit der Peitsche wie verrückt auf die Pferde ein.

Da hielt es Emil nicht länger aus und sprang aus dem Zug. Er schlug zwanzig Purzelbäume den Abhang hinunter, aber es schadete ihm nichts. Er stand auf und hielt nach dem Zug Umschau. Er stand still, und die neun Pferde drehten die Köpfe nach Emil um. Wachtmeister Jeschke war aufgesprungen, schlug die Tiere mit der Peitsche und brüllte: »Hü! Los! Hinter ihm her!« Und da sprangen die neun Pferde aus den Schienen, sprengten auf Emil zu, und die Wagen hüpften wie Gummibälle.

Emil überlegte nicht lange, sondern rannte, was er konnte, davon. Über eine Wiese, an vielen Bäumen vorbei, durch einen Bach, dem Wolkenkratzer zu. Manch-

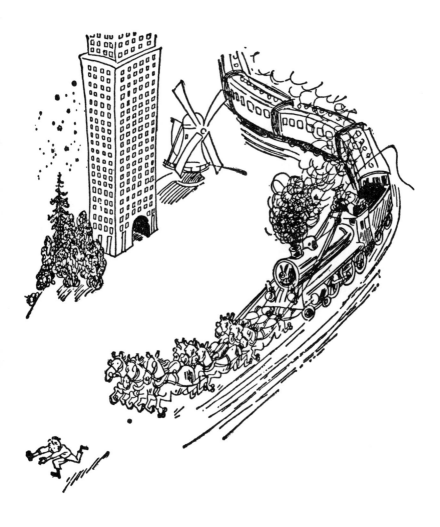

Emil überlegte nicht lange, sondern rannte, was er konnte, davon.

mal sah er sich um; der Zug donnerte hinter ihm her, ohne abzulassen. Die Bäume wurden über den Haufen gerannt und zersplitterten. Nur eine Rieseneiche war stehen geblieben, und auf ihrem höchsten Aste saß die dicke Frau Jakob, wehte im Winde, weinte und kriegte ihren Schuh nicht zu. Emil lief weiter.

In dem Haus, das zweihundert Stockwerke hoch war, befand sich ein großes schwarzes Tor. Er rannte hinein und hindurch und am andern Ende wieder hinaus. Der Zug kam hinter ihm her. Emil hätte sich am liebsten in eine Ecke gesetzt und geschlafen, denn er war so schrecklich müde und zitterte am ganzen Leibe. Aber er durfte nicht einschlafen! Der Zug ratterte schon durchs Haus.

Emil sah eine Eisenleiter. Die ging am Hause hoch, bis zum Dach. Und er begann zu klettern. Zum Glück war er ein guter Turner. Während er kletterte, zählte er die Stockwerke. In der 50. Etage wagte er es, sich umzudrehen. Die Bäume waren ganz klein geworden und die gläserne Mühle war kaum noch zu erkennen. Aber, o Schreck!, die Eisenbahn kam das Haus hinaufgefahren! Emil kletterte weiter und immer höher. Und der Zug stampfte und knatterte die Leitersprossen empor, als wären es Schienen.

100. Etage, 120. Etage, 140. Etage, 160. Etage, 180. Etage, 190. Etage, 200. Etage! Emil stand auf dem Dach

und wusste nicht mehr, was er beginnen sollte. Schon war das Wiehern der Pferde zu hören. Da lief der Junge über das Dach hin bis zum anderen Ende, zog sein Taschentuch aus dem Anzug und breitete es aus. Und als die Pferde schwitzend über den Dachrand krochen und der Zug hinterher, hob Emil sein ausgebreitetes Taschentuch hoch über den Kopf und sprang ins Leere. Er hörte noch, wie der Zug die Schornsteine über den Haufen fuhr. Dann verging ihm für eine Weile Hören und Sehen.

Und dann plumpste er, krach!, auf eine Wiese.

Erst blieb er müde liegen, mit geschlossenen Augen, und hatte eigentlich Lust, einen schönen Traum zu träumen. Doch weil er noch nicht ganz beruhigt war, blickte er an dem großen Hause hinauf und sah, wie die neun Pferde oben auf dem Dach Regenschirme aufspannten. Und der Wachtmeister Jeschke hatte auch einen Schirm und trieb damit die Pferde an. Sie setzten sich auf die Hinterbeine, gaben sich einen Ruck und sprangen in die Tiefe. Und nun segelte die Eisenbahn auf die Wiese herab und wurde immer größer und größer.

Emil sprang wieder auf und rannte quer über die Wiese auf die gläserne Mühle los. Sie war durchsichtig, und er sah seine Mutter drinnen, wie sie gerade Frau Augustin die Haare wusch. Gott sei Dank, dachte er und rannte durch die Hintertür in die Mühle.

»Muttchen!«, rief er. »Was mach ich bloß?«

»Was ist denn los, mein Junge?«, fragte die Mutter und wusch weiter.

»Sieh nur mal durch die Wand!«

Frau Tischbein blickte hinaus und sah gerade, wie die Pferde und der Zug auf der Wiese landeten und auf die Mühle loshetzten.

»Das ist doch Wachtmeister Jeschke«, sagte die Mutter und schüttelte erstaunt den Kopf.

»Er saust schon die ganze Zeit wie blödsinnig hinter mir her!«

»Na und?«

»Ich habe neulich dem Großherzog Karl mit der schiefen Backe auf dem Obermarkt eine rote Nase und einen Schnurrbart ins Gesicht gemalt.«

»Ja, wo solltest du denn den Schnurrbart sonst hinmalen?«, fragte Frau Augustin und prustete.

»Nirgendshin, Frau Augustin. Aber das ist nicht das Schlimmste. Er wollte auch wissen, wer mit dabei war. Und das kann ich ihm nicht sagen. Das ist doch Ehrensache.«

»Da hat Emil Recht«, meinte die Mutter, »aber was machen wir nun?«

»Stellen Sie mal den Motor an, liebe Frau Tischbein«, sagte Frau Augustin.

Emils Mutter drückte am Tisch einen Hebel herunter, und da begannen sich die vier Mühlenflügel zu drehen, und weil sie aus Glas waren und weil die Sonne schien, schimmerten und glänzten sie so sehr, dass man überhaupt kaum hinblicken konnte. Und als die neun Pferde mit ihrer Eisenbahn angerannt kamen, wurden sie scheu, bäumten sich hoch auf und wollten keinen Schritt weiter. Wachtmeister Jeschke fluchte, dass man es durch die gläsernen Wände hörte. Aber die Pferde wichen nicht von der Stelle.

»So, und nun waschen Sie mir meinen Schädel ruhig weiter«, sagte Frau Augustin, »Ihrem Jungen kann nichts mehr passieren.«

Frau Friseuse Tischbein ging also wieder an die Arbeit. Emil setzte sich auf einen Stuhl, der war auch aus Glas, und pfiff sich eins. Dann lachte er laut und sagte: »Das ist ja großartig. Wenn ich früher gewusst hätte, dass du hier bist, wäre ich doch gar nicht erst das verflixte Haus hochgeklettert.«

»Hoffentlich hast du dir nicht den Anzug zerrissen!«, sagte die Mutter. Dann fragte sie: »Hast du auf das Geld gut Obacht gegeben?«

Da gab es Emil einen riesigen Ruck. Und mit einem Krach fiel er von dem gläsernen Stuhl herunter.

Und wachte auf.

Fünftes Kapitel
EMIL STEIGT AN DER FALSCHEN STATION AUS

Als er aufwachte, setzte sich die Bahn eben wieder in
Bewegung. Er war, während er schlief, von der Bank gefallen, lag jetzt am Boden und war sehr erschrocken. Er
wusste nur noch nicht recht, weswegen. Sein Herz pochte
wie ein Dampfhammer. Da hockte er nun in der Eisenbahn und hatte fast vergessen, wo er war. Dann fiel es
ihm, portionsweise, wieder ein. Richtig, er fuhr nach Berlin. Und war eingeschlafen. Genau wie der Herr im steifen Hut ...

Emil setzte sich mit einem Ruck bolzengerade und flüsterte: »Er ist ja fort!« Die Knie zitterten ihm. Ganz langsam stand er auf und klopfte sich mechanisch den Anzug
sauber. Jetzt war die nächste Frage: Ist das Geld noch da?
Und vor dieser Frage hatte er eine unbeschreibliche
Angst.

Lange Zeit stand er an die Tür gelehnt und wagte nicht,
sich zu rühren. Dort drüben hatte der Mann, der Grundeis hieß, gesessen und geschlafen und geschnarcht. Und
nun war er fort. Natürlich konnte alles in Ordnung sein.

Denn eigentlich war es albern, gleich ans Schlimmste zu denken. Es mussten ja nun nicht gleich alle Menschen nach Berlin-Friedrichstraße fahren, nur weil er hinfuhr. Und das Geld war gewiss noch an Ort und Stelle. Erstens steckte es in der Tasche. Zweitens steckte es im Briefumschlag. Und drittens war es mit einer Nadel am Futter befestigt. Also, er griff sich langsam in die rechte innere Tasche.

Die Tasche war leer! Das Geld war fort!

Emil durchwühlte die Tasche mit der linken Hand. Er befühlte und presste das Jackett von außen mit der rechten. Es blieb dabei: Die Tasche war leer, und das Geld war weg.

»Au!« Emil zog die Hand aus der Tasche. Und nicht bloß die Hand, sondern die Nadel dazu, mit der er das Geld vorhin durchbohrt hatte. Nichts als die Stecknadel war übrig geblieben. Und sie saß im linken Zeigefinger, dass er blutete.

Er wickelte das Taschentuch um den Finger und weinte. Natürlich nicht wegen des lächerlichen bisschen Bluts. Vor vierzehn Tagen war er gegen den Laternenpfahl gerannt, dass der bald umgeknickt wäre, und Emil hatte noch jetzt einen Buckel auf der Stirn. Aber geheult hatte er keine Sekunde.

Er weinte wegen des Geldes. Und er weinte wegen seiner Mutter. Wer das nicht versteht, und wäre er noch so tapfer, dem ist nicht zu helfen. Emil wusste, wie seine Mutter monatelang geschuftet hatte, um die hundertvierzig Mark für die Großmutter zu sparen und um ihn nach Berlin schicken zu können. Und kaum saß der Herr Sohn im Zug, so lehnte er sich auch schon in eine Ecke, schlief ein, träumte verrücktes Zeug und ließ sich von einem Schweinehund das Geld stehlen. Und da sollte er nicht weinen? Was sollte er nun anfangen? In Berlin aussteigen und zur Großmutter sagen: ›Da bin ich. Aber Geld kriegst du keins, dass du es weißt. Gib mir lieber rasch das Reisegeld, damit ich wieder nach Neustadt fahren kann. Sonst muss ich laufen.‹?

Prachtvoll war das! Die Mutter hatte umsonst gespart. Die Großmutter bekam keinen Pfennig. In Berlin konnte er nicht bleiben. Nach Hause durfte er nicht fahren. Und alles das wegen eines Kerls, der den Kindern Schokolade schenkte und tat, als ob er schliefe. Und zu guter Letzt raubte er sie aus. Pfui Spinne, war das eine feine Welt!

Emil schluckte die Tränen, die noch ins Freie wollten, hinunter und sah sich um. Wenn er die Notleine zog, würde der Zug sofort stehen bleiben. Und dann käme ein Schaffner. Und noch einer. Und immer noch einer. Und alle würden fragen: ›Was ist los?‹

›Mein Geld ist gestohlen worden‹, spräche er.

›Ein andres Mal passt du besser auf‹, würden sie antworten, ›steige gefälligst wieder ein! Wie heißt du? Wo wohnst du? Einmal Notleine ziehen kostet hundert Mark. Die Rechnung wird geschickt.‹

In Schnellzügen konnte man wenigstens durch die Wagen laufen, von einem Ende des Zuges zum andern, bis ins Dienstabteil, und Diebstähle melden. Aber hier! In so einem Bummelzug! Da musste man bis zur nächsten Station warten, und inzwischen war der Mensch im steifen Hut über alle Berge. Nicht einmal die Station, wo der Kerl ausgestiegen war, wusste Emil. Wie spät mochte es sein? Wann kam Berlin? An den Fenstern des Zuges wanderten große Häuser vorbei und Villen mit bunten Gärten und dann wieder hohe schmutzig rote Schornsteine. Wahrscheinlich war das schon Berlin. An der nächsten Station musste er den Schaffner rufen und dem alles erzählen. Und der würde es schleunigst der Polizei melden!

Auch das noch. Jetzt kriegte er es auch noch mit der Polizei zu tun. Nun konnte Wachtmeister Jeschke natürlich nicht mehr schweigen, sondern musste dienstlich melden: ›Ich weiß nicht, aber der Realschüler Emil Tischbein aus Neustadt gefällt mir nicht. Erst schmiert er ehrwürdige Denkmäler voll. Und dann lässt er sich hundertvierzig Mark stehlen. Vielleicht sind sie ihm gar nicht gestohlen worden? Wer Denkmäler beschmiert, der lügt auch. Da habe ich meine Erfahrungen. Wahrscheinlich hat er das Geld im Walde vergraben oder verschluckt und will damit nach Amerika? Den Dieb zu verfolgen hat nicht den mindesten Sinn. Der Realschüler Tischbein ist selber der Dieb. Bitte, Herr Polizeipräsident, verhaften Sie ihn.‹

Schrecklich. Nicht einmal der Polizei konnte er sich anvertrauen!

Er holte den Koffer aus dem Gepäcknetz, setzte die Mütze auf, steckte die Nadel wieder in den Jackettaufschlag und machte sich fertig. Er hatte zwar keine Ahnung, was er beginnen sollte. Aber hier, in diesem Coupé, hielt er es keine fünf Minuten länger aus. Das stand fest.

Inzwischen verlangsamte der Zug seine Geschwindigkeit. Emil sah draußen viele Gleise glänzen. Dann fuhr man an Bahnsteigen vorbei. Ein paar Gepäckträger liefen, weil sie was verdienen wollten, neben den Wagen her.

Der Zug hielt!

Emil schaute durchs Fenster und erblickte hoch über den Schienen ein Schild. Darauf stand: ZOOLOG. GARTEN. Die Türen flogen auf. Leute kletterten aus den Abteilen. Andere warteten schon und breiteten froh die Arme aus.

Emil beugte sich weit aus dem Fenster und suchte den Zugführer. Da erblickte er, in einiger Entfernung und zwischen vielen Menschen, einen steifen schwarzen Hut. Wenn das der Dieb war? Vielleicht war er, nachdem er Emil bestohlen hatte, gar nicht ausgestiegen, sondern nur in einen anderen Wagen gegangen?

Im nächsten Augenblick stand Emil auf dem Bahnsteig, setzte den Koffer hin, stieg noch einmal ein, weil er die Blumen, die im Gepäcknetz lagen, vergessen hatte, stieg wieder aus, packte den Koffer kräftig an, hob ihn hoch und rannte, sosehr er konnte, dem Ausgang zu.

Wo war der steife Hut? Der Junge stolperte den Leuten vor den Beinen herum, stieß wen mit dem Koffer, rannte weiter. Die Menschenmenge wurde immer dichter und undurchdringlicher.

Da! Dort war der steife Hut! Himmel, da drüben war noch einer! Emil konnte den Koffer kaum noch schleppen. Am liebsten hätte er ihn einfach hingestellt und stehen lassen. Doch dann wäre ihm auch der noch gestohlen worden!

Endlich hatte er sich bis dicht an die steifen Hüte herangedrängt.

Der konnte es sein! War er's?

Nein.

Dort war der nächste.

Nein. Der Mann war zu klein.

Emil schlängelte sich wie ein Indianer durch die Menschenmassen.

Dort, dort!

Das war der Kerl. Gott sei Dank! Das war der Grundeis. Eben schob er sich durch die Sperre und schien es eilig zu haben.

»Warte nur, du Kanaille«, knurrte Emil, »dich kriegen wir!« Dann gab er seine Fahrkarte ab, nahm den Koffer in die andre Hand, klemmte den Blumenstrauß unter den rechten Arm und lief hinter dem Mann die Treppe hinunter.

Jetzt kam's drauf an.

Sechstes Kapitel
Strassenbahnlinie 177

Am liebsten wäre er auf den Kerl losgerannt, hätte sich vor ihm aufpostiert und gerufen: ›Her mit dem Geld!‹ Doch der sah nicht so aus, als würde er dann antworten: ›Aber gern, mein gutes Kind. Hier hast du's. Ich will es bestimmt nicht wieder tun.‹ Ganz so einfach lag die Sache nicht. Zunächst war es das Wichtigste, den Mann nicht aus den Augen zu verlieren.

Emil versteckte sich hinter einer großen breiten Dame, die vor ihm ging, und guckte manchmal links und manchmal rechts an ihr vorbei, ob der andere noch zu sehen war und nicht plötzlich im Dauerlauf davonrannte. Der Mann war mittlerweile am Bahnhofsportal angelangt, blieb stehen, blickte sich um und musterte die Leute, die hinter ihm herdrängten, als suche er wen. Emil presste sich ganz dicht an die große Dame und kam dem andern immer näher. Was sollte jetzt werden? Gleich würde er an ihm vorbeimüssen, und dann war es aus mit den Heimlichkeiten. Ob ihm die Dame helfen würde? Aber sie würde ihm sicher nicht glauben. Und der Dieb würde sagen:

›Erlauben Sie mal, meine Dame, was fällt Ihnen eigentlich ein? Habe ich es etwa nötig, kleine Kinder auszurauben?‹ Und dann würden alle den Jungen ansehen und schreien: ›Das ist doch der Gipfel! Verleumdet erwachsene Menschen! Nein, die Jugend von heute ist doch zu frech!‹ Emil klapperte schon mit den Zähnen.

Da drehte der Mann seinen Kopf glücklicherweise wieder weg und trat ins Freie. Der Junge sprang blitzrasch hinter die Tür, stellte seinen Koffer nieder und blickte durch die vergitterte Scheibe. Alle Wetter, tat ihm der Arm weh!

Der Dieb ging langsam über die Straße, sah noch einmal rückwärts und spazierte ziemlich beruhigt weiter. Dann kam eine Straßenbahn, mit der Nummer 177, von links angefahren und hielt. Der Mann überlegte einen Augenblick, stieg auf den Vorderwagen und setzte sich an einen Fensterplatz.

Emil packte wieder seinen Koffer an, lief geduckt an der Tür vorbei, die Halle entlang, fand eine andere Tür, rannte auf die Straße und erreichte, von hinten her, den Anhängewagen gerade, als die Bahn losfuhr. Er warf den Koffer hinauf, kletterte nach, schob ihn in eine Ecke, stellte sich davor und atmete auf. So, das war überstanden!

Doch was sollte nun werden? Wenn der andere während der Fahrt absprang, war das Geld endgültig weg. Denn mit dem Koffer abspringen, das ging nicht. Das war zu gefährlich.

Diese Autos! Sie drängten sich hastig an der Straßenbahn vorbei; hupten, quiekten, streckten rote Zeiger links und rechts heraus, bogen um die Ecke; andere Autos schoben sich nach. So ein Krach! Und die vielen Menschen auf den Fußsteigen! Und von allen Seiten Straßenbahnen, Fuhrwerke, zweistöckige Autobusse! Zeitungsverkäufer an allen Ecken. Wunderbare Schaufenster mit Blumen, Früchten, Büchern, goldenen Uhren, Kleidern und seidener Wäsche. Und hohe, hohe Häuser.

Das war also Berlin.

Emil hätte sich gern alles in größter Ruhe betrachtet. Aber er hatte keine Zeit dazu. Im vorderen Wagen saß ein Mann, der hatte Emils Geld, konnte jeden Augenblick aussteigen und im Gedränge verschwinden. Dann war es aus. Denn dort hinten, zwischen den Autos und Menschen und Autobussen, da fand man niemanden wieder. Emil steckte den Kopf hinaus. Wenn nun der Kerl schon weg war? Dann fuhr er hier oben allein weiter, wusste nicht wohin, wusste nicht warum, und die Großmutter wartete unterdessen am Bahnhof Friedrichstraße, am Blumenstand, und hatte keine Ahnung, dass ihr Enkel inzwischen auf der Linie 177 quer durch Berlin gondelte und großen Kummer hatte. Es war zum Platzen!

Da hielt die Straßenbahn zum ersten Mal. Emil ließ den Triebwagen nicht aus den Augen. Doch es stieg niemand aus. Es drängten nur viele neue Fahrgäste in die Bahn. Auch an Emil vorbei. Ein Herr schimpfte, weil der Junge den Kopf herausstreckte und im Wege war.

»Siehst du nicht, dass Leute raufwollen?«, brummte er ärgerlich.

Der Schaffner, der im Innern des Wagens Fahrscheine verkaufte, zog an einer Schnur. Es klingelte. Und die Straßenbahn fuhr weiter. Emil stellte sich wieder in seine Ecke, wurde gedrückt und auf die Füße getreten und dachte erschrocken: ›Ich habe ja kein Geld! Wenn der Schaffner herauskommt, muss ich einen Fahrschein lösen. Und wenn ich es nicht kann, schmeißt er mich raus. Und dann kann ich mich gleich begraben lassen.‹

Er sah sich die Leute an, die neben ihm standen. Konnte er einen von ihnen am Mantel zupfen und sagen: ›Borgen Sie mir doch bitte das Fahrgeld!‹? Ach, die Menschen hatten so ernste Gesichter! Der eine las Zeitung. Zwei andere unterhielten sich über einen großen Bankeinbruch. »Einen richtigen Schacht haben sie gegraben«, erzählte der Erste, »da sind sie hinein und haben alle Tresorfächer ausgeräumt. Der Schaden beläuft sich vermutlich auf mehrere Millionen.«

»Es wird aber kolossal schwierig sein, festzustellen,

was in den Schränken eigentlich drin war«, sagte der Zweite, »denn die Tresormieter sind doch der Bank keine Auskunft darüber schuldig gewesen, was sie in ihren Fächern verschlossen hatten.«

»Da wird mancher erklären, er hätte für hunderttausend Mark Brillanten eingeschlossen gehabt, und in Wirklichkeit war nur ein Haufen wertloses Papiergeld drin oder ein Dutzend Alpakalöffel«, meinte der Erste. Und beide lachten ein bisschen.

›Ganz genau so wird es mir gehen‹, dachte Emil traurig. ›Ich werde sagen, Herr Grundeis hat mir hundertvierzig Mark gestohlen. Und niemand wird es mir glauben. Und der Dieb wird sagen, das sei eine Frechheit von mir und es wären nur drei Mark fünfzig gewesen. So eine verdammte Geschichte!‹

Der Schaffner kam der Tür immer näher. Jetzt stand er schon im Türrahmen und fragte laut: »Wer hat noch keinen Fahrschein?«

Er riss große weiße Zettel ab und machte mit einer Zange eine Reihe Löcher hinein. Die Leute auf dem Perron gaben ihm Geld und bekamen dafür Fahrscheine.

»Na, und du?«, fragte er den Jungen.

»Ich habe mein Geld verloren, Herr Schaffner«, antwortete Emil. Denn den Diebstahl hätte ihm keiner geglaubt.

»Geld verloren? Das kenn ich. Und wo willst du hin?«

»Das ... das weiß ich noch nicht«, stotterte Emil.

»So. Na, da steige mal an der nächsten Station wieder ab und überlege dir erst, wo du hinwillst.«

»Nein, das geht nicht. Ich muss hier oben bleiben, Herr Schaffner. Bitteschön.«

»Wenn ich dir sage, du sollst absteigen, steigst du ab. Verstanden?«

»Geben Sie dem Jungen einen Fahrschein!«, sagte da der Herr, der Zeitung gelesen hatte. Er gab dem Schaffner Geld. Und der Schaffner gab Emil einen Fahrschein und erzählte dem Herrn: »Was glauben Sie, wie viele Jungen da täglich raufkommen und einem weismachen, sie hätten das Geld vergessen. Hinterher lachen sie uns aus.«

»Der hier lacht uns nicht aus«, antwortete der Herr.

Der Schaffner stieg wieder ins Wageninnere.

»Haben Sie vielen, vielen Dank, mein Herr!«, sagte Emil.

»Bitteschön, nichts zu danken«, meinte der Herr und schaute wieder in seine Zeitung.

Dann hielt die Straßenbahn von neuem. Emil beugte sich hinaus, ob der Mann im steifen Hut ausstiege. Doch es war nichts zu sehen.

»Darf ich vielleicht um Ihre Adresse bitten?«, fragte Emil den Herrn.

»Wozu denn?«

»Damit ich Ihnen das Geld zurückgeben kann, sobald ich welches habe. Ich bleibe vielleicht eine Woche in Berlin, und da komme ich mal bei Ihnen vorbei. Tischbein ist mein Name. Emil Tischbein aus Neustadt.«

»Nein«, sagte der Herr, »den Fahrschein habe ich dir selbstverständlich geschenkt. Soll ich dir noch etwas geben?«

»Unter keinen Umständen«, erklärte Emil fest, »das nähme ich nicht an!«

»Wie du willst«, meinte der Herr und guckte wieder in die Zeitung.

Und die Straßenbahn fuhr. Und sie hielt. Und sie fuhr weiter. Emil las den Namen der schönen breiten Straße. Kaiserallee hieß sie. Er fuhr und wusste nicht, wohin. Im andern Wagen saß ein Dieb. Und vielleicht saßen und standen noch andere Diebe in der Bahn. Niemand kümmerte sich um ihn. Ein fremder Herr hatte ihm zwar einen Fahrschein geschenkt. Doch nun las er schon wieder Zeitung.

Die Stadt war so groß. Und Emil war so klein. Und kein Mensch wollte wissen, warum er kein Geld hatte, und warum er nicht wusste, wo er aussteigen sollte. Vier Millionen Menschen lebten in Berlin, und keiner interessierte sich für Emil Tischbein. Niemand will von den Sorgen des andern etwas wissen. Jeder hat mit seinen eigenen Sorgen und Freuden genug zu tun. Und wenn man sagt: »Das tut mir aber wirklich Leid«, so meint man meistens gar nichts weiter als: »Mensch, lass mich bloß in Ruhe!«

Was würde werden? Emil schluckte schwer. Und er fühlte sich sehr, sehr allein.

Siebentes Kapitel
GROSSE AUFREGUNG IN DER SCHUMANNSTRASSE

Während Emil auf der Straßenbahn 177 stand, die Kaiserallee langfuhr und nicht wusste, wo er landen würde, warteten die Großmutter und Pony Hütchen, seine Kusine, im Bahnhof Friedrichstraße auf ihn. Sie hatten sich am Blumenkiosk, wie es ausgemacht war, aufgestellt und sahen dauernd nach der Uhr. Viele Leute kamen vorüber. Mit Koffern und Kisten und Schachteln und Ledertaschen und Blumensträußen. Doch Emil war nicht dabei.

»Wahrscheinlich ist er mächtig gewachsen, was?«, fragte Pony Hütchen und schob ihr kleines vernickeltes Fahrrad hin und her. Sie hatte es ja eigentlich nicht mitnehmen sollen. Doch sie hatte so lange gemauzt, bis die Großmutter erklärte: »Nimm's mit, alberne Liese!« Nun war die alberne Liese guter Laune und freute sich auf Emils respektvollen Blick. »Sicher findet er es oberfein«, sagte sie und war ihrer Sache völlig gewiss.

Die Großmutter wurde unruhig: »Ich möchte bloß wissen, was das heißen soll. Jetzt ist es schon 18 Uhr 20. Der Zug müsste doch längst da sein.«

Sie lauerten noch ein paar Minuten. Dann schickte die Großmutter das kleine Mädchen fort, sich zu erkundigen.

Pony Hütchen nahm natürlich ihr Rad mit. »Können Sie mir nicht erklären, wo der Zug aus Neustadt bleibt, Herr Inspektor?«, fragte sie den Beamten, der mit einer Lochzange an der Sperre stand und Obacht gab, dass jeder, der an ihm vorbeiwollte, ein Billett mitbrachte.

»Neustadt? Neustadt?«, überlegte er. »Ach so, 18 Uhr 17! Der Zug ist längst rein.«

»Ach, das ist aber schade. Wir warten nämlich dort drüben am Blumenstand auf meinen Vetter Emil.«

»Freut mich, freut mich«, sagte der Mann.

»Wieso freut Sie denn das, Herr Inspektor?«, fragte Pony neugierig und spielte mit ihrer Radklingel.

Der Beamte antwortete nicht und drehte dem Kinde den Rücken zu.

»Na, Sie sind aber ein ulkiger Knabe«, sagte Pony beleidigt. »Auf Wiedersehen!«

Ein paar Leute lachten. Der Beamte biss sich ärgerlich auf die Lippen. Und Pony Hütchen trabte zum Blumenstand.

»Der Zug ist längst rein, Großmutter.«

»Was mag da nur passiert sein?«, überlegte die alte Dame. »Wenn er überhaupt nicht abgefahren wäre, hätte seine Mutter doch depeschiert. Ob er verkehrt ausgestie-

74

gen ist? Aber wir haben es doch ganz genau beschrieben!«

»Ich werde daraus nicht gescheit«, behauptete Pony und tat sich wichtig. »Sicher ist er verkehrt ausgestiegen. Jungens sind manchmal furchtbar blöde. Ich möchte wetten! Du wirst noch sehen, dass ich Recht habe.«

Und weil ihnen nichts andres übrig blieb, warteten sie von neuem. Fünf Minuten.

Noch mal fünf Minuten.

»Das hat nun aber wirklich keinen Zweck«, sagte Pony zur Großmutter. »Da können wir ja hier stehen bleiben, bis wir schwarz werden. Ob es noch einen anderen Blumenstand gibt?«

»Du kannst ja mal zusehen. Aber bleibe nicht so lange!«

Hütchen nahm wieder ihr Rad und inspizierte den Bahnhof.

Es gab weiter keinen zweiten Blumenstand. Dann fragte sie noch rasch zwei Eisenbahnbeamten Löcher in den Bauch und kam stolz zurück.

»Also«, erzählte sie, »Blumenstände gibt's keine sonst. Wäre ja auch komisch. Was wollte ich noch sagen? Richtig, der nächste Zug aus Neustadt kommt hier 20 Uhr 33 an. Das ist kurz nach halb neun. Wir gehen jetzt hübsch nach Hause. Und Punkt acht fahre ich mit meinem Rad wieder hierher. Wenn er dann immer noch nicht da ist, kriegt er einen hundsgemeinen Brief von mir.«

»Drücke dich etwas gewählter aus, Pony!«

»Kriegt er einen Brief, der sich gewaschen hat, kann man auch sagen.«

Die Großmutter machte ein besorgtes Gesicht und schüttelte den Kopf. »Die Sache gefällt mir nicht. Die Sache gefällt mir nicht«, erklärte sie. Wenn sie aufgeregt war, sagte sie nämlich alles zweimal.

Sie gingen langsam nach Hause. Unterwegs, an der Weidendammer Brücke, fragte Pony Hütchen: »Großmutter, willst du dich auf die Lenkstange setzen?«

»Halte den Mund!«

»Wieso? Schwerer als Zicklers Arthur bist du auch nicht. Und der setzt sich oft drauf, wenn ich fahre.«

»Wenn das noch ein einziges Mal vorkommt, nimmt dir dein Vater das Rad für immer weg.«

»Ach, euch darf man aber auch gar nichts erzählen«, schimpfte Pony.

Als sie zu Hause – Schumannstraße 15 – angekommen waren, gab es bei Ponys Eltern, Heimbold hießen sie, große Aufregung. Jeder wollte wissen, wo Emil war, und keiner wusste es.

Der Vater riet, an Emils Mutter zu depeschieren.

»Um Gottes willen!«, rief seine Frau, Ponys Mutter.

»Sie würde sich zu Tode erschrecken. Wir gehen gegen acht Uhr noch einmal auf den Bahnhof. Vielleicht kommt er mit dem nächsten Zug.«

»Hoffentlich«, jammerte die Großmutter, »aber ich kann mir nicht helfen: Die Sache gefällt mir nicht, die Sache gefällt mir nicht!«

»Die Sache gefällt mir nicht«, sagte Pony Hütchen und wiegte bedenklich ihr kleines Haupt hin und her.

Achtes Kapitel
DER JUNGE MIT DER HUPE TAUCHT AUF

In der Trautenaustraße, Ecke Kaiserallee, verließ der Mann im steifen Hut die Straßenbahn. Emil sah's, nahm Koffer und Blumenstrauß, sagte zu dem Herrn, der die Zeitung las: »Haben Sie nochmals verbindlichen Dank, mein Herr!«, und kletterte vom Wagen.

Der Dieb ging am Vorderwagen vorbei, überquerte die Gleise und steuerte nach der anderen Seite der Straße. Dann fuhr die Bahn weiter, gab den Blick frei, und Emil bemerkte, dass der Mann unschlüssig stehen blieb und dann die Stufen zu einer Café-Terrasse hinaufschritt.

Jetzt hieß es wieder einmal vorsichtig sein. Wie ein Detektiv, der Flöhe fängt. Emil orientierte sich flink, entdeckte an der Ecke einen Zeitungskiosk und lief, so rasch er konnte, dahinter. Das Versteck war ausgezeichnet. Es lag zwischen dem Kiosk und einer Litfaßsäule. Der Junge stellte sein Gepäck hin, nahm die Mütze ab und witterte.

Der Mann hatte sich auf die Terrasse gesetzt, dicht ans Geländer, rauchte eine Zigarette und schien seelenvergnügt. Emil fand es abscheulich, dass ein Dieb überhaupt vergnügt sein kann, und dass der Bestohlene betrübt sein muss, und wusste sich keinen Rat.

Was hatte es denn im Grunde für einen Sinn, dass er sich hinter einem Zeitungskiosk verbarg, als wäre er selber der Dieb und nicht der andere? Was hatte es für einen Zweck, dass er wusste, der Mann säße im Café Josty an der Kaiserallee, tränke helles Bier und rauchte Zigaretten? Wenn der Kerl jetzt aufstand, konnte die Rennerei weitergehen. Blieb er aber, dann konnte Emil hinter dem Kiosk stehen, bis er einen langen grauen Bart kriegte. Es fehlte wirklich nur noch, dass ein Schupomann angerückt kam und sagte: ›Mein Sohn, du machst dich verdächtig. Los, folge mir mal unauffällig. Sonst muss ich dir leider Handschellen anlegen.‹

Plötzlich hupte es dicht hinter Emil! Er sprang erschrocken zur Seite, fuhr herum und sah einen Jungen stehen, der ihn auslachte. »Na Mensch, fall nur nicht gleich vom Stühlchen«, sagte der Junge.

»Wer hat denn eben hinter mir gehupt?«, fragte Emil.

»Na Mensch, ich natürlich. Du bist wohl nicht aus Wilmersdorf, wie? Sonst wüsstest du längst, dass ich 'ne Hupe in der Hosentasche habe. Ich bin hier nämlich bekannt wie 'ne Missgeburt.«

»Ich bin aus Neustadt. Und komme grade vom Bahnhof.«

»So, aus Neustadt? Deswegen hast du so 'nen doofen Anzug an.«

»Nimm das zurück! Sonst kleb ich dir eine, dass du scheintot hinfällst.«

»Na Mensch«, sagte der andere gutmütig, »bist du böse? Das Wetter ist mir zum Boxen zu vornehm. Aber von mir aus, bitte!«

»Verschieben wir's auf später«, erklärte Emil, »ich hab jetzt keine Zeit für so was.« Und er blickte nach dem Café hinüber, ob Grundeis noch dort säße.

»Ich dachte sogar, du hättest viel Zeit! Stellt sich mit Koffer und Blumenkohl hinter die Zeitungsbude und spielt mit sich selber Verstecken! Da muss man doch glatt zehn bis zwanzig Meter Zeit übrig haben.«

»Nein«, sagte Emil, »ich beobachte einen Dieb.«

»Was? Ich verstehe fortwährend: Dieb«, meinte der andre Junge, »wen hat er denn beklaut?«

»Mich!«, sagte Emil und war direkt stolz darauf. »In der Eisenbahn. Während ich schlief. Hundertvierzig Mark. Die sollte ich meiner Großmutter hier in Berlin geben. Dann ist er in ein andres Coupé geturnt und am Bahnhof Zoo ausgestiegen. Ich natürlich hinterher, kannst du dir denken. Dann auf die Straßenbahn. Und jetzt sitzt er drüben im Café, mit seinem steifen Hut, und ist guter Laune.«

»Na Mensch, das ist ja großartig!«, rief der Junge. »Das ist ja wie im Kino! Und was willst du nun anstellen?«

»Keine Ahnung. Immer hinterher. Weiter weiß ich vorderhand nichts.«

»Sag's doch dem Schupo dort. Der nimmt ihn hopp.«

»Ich mag nicht. Ich habe bei uns in Neustadt was ausgefressen. Da sind sie nun vielleicht scharf auf mich. Und wenn ich . . .«

»Verstehe, Mensch!«

»Und am Bahnhof Friedrichstraße wartet meine Großmutter.«

Der Junge mit der Hupe dachte ein Weilchen nach. Dann sagte er: »Also, ich finde die Sache mit dem Dieb knorke. Ganz große Klasse, Ehrenwort! Und, Mensch, wenn du nischt dagegen hast, helfe ich dir.«

»Da wär ich dir kolossal dankbar!«

»Quatsch nicht, Krause! Das ist doch klar, dass ich hier mitmache. Ich heiße Gustav.«

»Und ich Emil.«

Sie gaben sich die Hand und gefielen einander ausgezeichnet.

»Nun aber los«, sagte Gustav, »wenn wir hier nichts weiter machen als rumstehen, geht uns der Schuft durch die Lappen. Hast du noch etwas Geld?«

»Keinen Sechser.«

Gustav hupte leise, um sein Denken anzuregen. Es half nichts.

»Wie wäre denn das«, fragte Emil, »wenn du noch ein paar Freunde herholtest?«

»Mensch, die Idee ist hervorragend!«, rief Gustav begeistert. »Das mach ich! Ich brauch bloß mal durch die Höfe zu sausen und zu hupen, gleich ist der Laden voll.«

»Tu das mal!«, riet Emil. »Aber komme bald wieder. Sonst läuft der Kerl da drüben weg. Und da muss ich selbstverständlich hinterher. Und wenn du wiederkommst, bin ich über alle Berge.«

»Klar, Mensch! Ich mache schnell! Verlass dich drauf. Übrigens isst der Mausehaken im Café Josty drüben Eier im Glas und solche Sachen. Der bleibt noch 'ne Weile. Also, Wiedersehen, Emil! Mensch, ich freu mich noch halb dämlich. Das wird eine tolle Kiste!« Und damit fegte er fort. Emil fühlte sich wunderbar erleichtert. Denn Pech bleibt nun zwar auf alle Fälle Pech. Aber ein paar Kameraden zu haben, die freiwillig mit von der Partie sind, das ist kein kleiner Trost.

Er behielt den Dieb scharf im Auge, der sich's – wahrscheinlich noch dazu von Mutters Erspartem – gut schmecken ließ, und hatte nur eine Angst: dass der Lump dort aufstehen und fortlaufen könne. Dann waren Gustav und die Hupe und alles umsonst.

Aber Herr Grundeis tat ihm den Gefallen und blieb. Wenn er freilich von der Verschwörung etwas geahnt hätte, die sich über ihm wie ein Sack zusammenzog, dann hätte er sich mindestens ein Flugzeug bestellt. Denn nun wurde die Sache langsam brenzlich . . .

Zehn Minuten später hörte Emil die Hupe wieder. Er drehte sich um und sah, wie mindestens zwei Dutzend Jungen, Gustav allen voran, die Trautenaustraße heraufmarschiert kamen.

»Das Ganze halt! Na, was sagst du nun?«, fragte Gustav und strahlte übers ganze Gesicht.

»Ich bin gerührt«, sagte Emil und stieß Gustav vor Wonne in die Seite.

»Also, meine Herrschaften! Das hier ist Emil aus Neustadt. Das andre hab ich euch schon erzählt. Dort drüben sitzt der Schweinehund, der ihm das Geld geklaut hat. Der rechts an der Kante, mit der schwarzen Melone auf dem Dach. Wenn wir den Bruder entwischen lassen, nennen wir uns alle von morgen ab nur noch Moritz. Verstanden?«

»Aber Gustav, den kriegen wir doch!«, sagte ein Junge mit einer Hornbrille.

»Das ist der Professor«, erläuterte Gustav. Und Emil gab ihm die Hand.

Dann wurde ihm, der Reihe nach, die ganze Bande vorgestellt.

»Na, was sagst du nun?«, fragte Gustav und strahlte übers ganze Gesicht.

»So«, sagte der Professor, »nun wollen wir mal auf den Akzelerator treten. Los! Erstens, Geld her!«

Jeder gab, was er besaß. Die Münzen fielen in Emils Mütze. Sogar ein Markstück war dabei. Es stammte von einem sehr kleinen Jungen, der Dienstag hieß. Er sprang vor Freude von einem Bein aufs andre und durfte das Geld zählen. »Unser Kapital beträgt«, berichtete er den gespannten Zuhörern, »fünf Mark und siebzig Pfennige. Das Beste wird sein, wir verteilen das Geld an drei Leute. Für den Fall, dass wir uns mal trennen müssen.«

»Sehr gut«, sagte der Professor. Er und Emil kriegten je zwei Mark. Gustav bekam eine Mark und siebzig.

»Habt vielen Dank«, sagte Emil, »wenn wir ihn haben, geb ich euch das Geld wieder. Was machen wir nun? Am liebsten würde ich erst mal meinen Koffer und die Blumen irgendwo unterbringen. Denn wenn die Rennerei losgeht, ist mir das Zeug mächtig im Wege.«

»Mensch, gib den Kram her«, meinte Gustav. »Den bring ich gleich rüber ins Café Josty, geb ihn am Büfett ab und beschnuppre bei der Gelegenheit mal den Herrn Dieb.«

»Aber mache es geschickt«, riet der Professor. »Der Halunke braucht nicht zu merken, dass ihm Detektive auf der Spur sind. Denn das würde die Verfolgung erschweren.«

»Hältst du mich für dusslig?«, knurrte Gustav und schob ab . . .

»Ein feines Photographiergesicht hat der Herr«, sagte er, als er zurückkam. »Und die Sachen sind gut aufgehoben. Die können wir holen, wenn's uns passt.«

»Jetzt wäre es gut«, schlug Emil vor, »wenn wir einen Kriegsrat abhielten. Aber nicht hier. Das fällt zu sehr auf.«

»Wir gehen nach dem Nikolsburger Platz«, riet der Professor. »Zwei von uns bleiben hier am Zeitungskiosk und passen auf, dass der Kerl nicht durchbrennt. Fünf oder sechs stellen wir als Stafetten auf, die sofort die Nachricht durchgeben, wenn's so weit ist. Dann kommen wir im Dauerlauf zurück.«

»Lass mich nur machen, Mensch!«, rief Gustav und begann, den Nachrichtendienst zu organisieren. »Ich bleibe mit hier bei den Vorposten«, sagte er zu Emil, »mach dir keine Sorgen! Wir lassen ihn nicht fort. Und beeilt euch ein bisschen. Es ist schon ein paar Minuten nach sieben. So, und nun haut gefälligst ab!«

Er stellte die Stafetten auf. Und die anderen zogen, mit Emil und dem Professor an der Spitze, zum Nikolsburger Platz.

Neuntes Kapitel
DIE DETEKTIVE VERSAMMELN SICH

Sie setzten sich auf die zwei weißen Bänke, die in den Anlagen stehen, und auf das niedrige eiserne Gitter, das den Rasen einzäunt, und zogen ernste Gesichter. Der Junge, der Professor genannt wurde, hatte anscheinend auf diesen Tag gewartet. Er griff sich, wie sein Vater, der Justizrat, an die Hornbrille, hantierte daran herum und entwickelte sein Programm. »Es besteht die Möglichkeit«, begann er, »dass wir uns nachher aus praktischen Gründen trennen müssen. Deshalb brauchen wir eine Telefonzentrale. Wer von euch hat Telefon?«

Zwölf Jungen meldeten sich.

»Und wer von denen, die ein Telefon haben, hat die vernünftigsten Eltern?«

»Vermutlich ich!«, rief der kleine Dienstag.

»Eure Telefonnummer?«

»Bavaria 05 79.«

»Hier sind Bleistift und Papier. Krummbiegel, mach dir zwanzig Zettel zurecht und schreibe auf jeden von ihnen Dienstags Telefonnummer. Aber gut leserlich! Und

dann gibst du jedem von uns einen Zettel. Die Telefonzentrale wird immer wissen, wo sich die Detektive aufhal-
ten und was los ist. Und wer das erfahren will, der ruft
ganz einfach den kleinen Dienstag an und erhält von ihm
genauen Bescheid.«

»Ich bin doch aber nicht zu Hause«, sagte der kleine
Dienstag.

»Doch, du bist zu Hause«, antwortete der Professor.
»Sobald wir hier mit Ratschlagen fertig sind, gehst du
heim und bedienst das Telefon.«

»Ach, ich möchte aber lieber dabei sein, wenn der Verbrecher gefangen wird. Kleine Jungens kann man bei so
was sehr gut verwenden.«

»Du gehst nach Hause und bleibst am Telefon. Es ist
ein sehr verantwortungsvoller Posten.«

»Na schön, wenn ihr wollt.«

Krummbiegel verteilte die Telefonzettel. Und jeder
Junge steckte sich den seinen vorsichtig in die Tasche. Ein
paar besonders Gründliche lernten gleich die Nummer
auswendig.

»Wir werden auch eine Art Bereitschaftsdienst einrich-
ten müssen«, meinte Emil.

»Selbstredend. Wer bei der Jagd nicht unbedingt gebraucht wird, bleibt hier am Nikolsburger Platz. Ihr geht
abwechselnd nach Hause und erzählt dort, ihr würdet

heute vielleicht sehr spät heimkommen. Ein paar können ja auch sagen, sie blieben zur Nacht bei einem Freund. Damit wir Ersatzleute haben und Verstärkung, falls die Jagd bis morgen dauert. Gustav, Krummbiegel, Arnold Mittenzwey, sein Bruder und ich rufen von unterwegs an, dass wir wegblieben ... Ja, und Traugott geht mit zu Dienstags, als Verbindungsmann, und rennt zum Nikolsburger Platz, wenn wir wen brauchen. Da hätten wir also die Detektive, den Bereitschaftsdienst, die Telefonzentrale und den Verbindungsmann. Das sind vorläufig die nötigsten Abteilungen.«

»Was zum Essen werden wir brauchen«, mahnte Emil. »Vielleicht rennen ein paar von euch nach Hause und holen Stullen ran.«

»Wer wohnt am nächsten?«, fragte der Professor. »Los! Mittenzwey, Gerold, Friedrich der Erste, Brunot, Zerlett, schwirrt ab und bringt paar Fresspakete mit!«

Die fünf Jungen rannten auf und davon.

»Ihr Holzköppe, ihr quatscht dauernd von Essen, Telefon und Auswärtsschlafen. Aber wie ihr den Kerl kriegt, das besprecht ihr nicht. Ihr ... ihr Studienräte!«, grollte Traugott. Ihm fiel kein ärgeres Schimpfwort ein.

»Habt ihr denn einen Apparat für Fingerabdrücke?«, fragte Petzold. »Vielleicht hat er sogar, wenn er gerissen war, Gummihandschuhe getragen. Und dann kann man ihm überhaupt nichts nachweisen.« Petzold hatte schon zweiundzwanzig Kriminalfilme gesehen. Und das war ihm, wie man merkt, nicht gut bekommen.

»Du kriegst die Motten!«, sagte Traugott empört. »Wir werden ganz einfach die Gelegenheit abpassen und ihm das Geld, das er geklaut hat, wieder klauen!«

»Quatsch!«, erklärte der Professor. »Wenn wir ihm das Geld klauen, sind wir ganz genau solche Diebe, wie er selber einer ist!«

»Werde bloß nicht drollig!«, rief Traugott. »Wenn mir jemand was stiehlt und ich stehl's ihm wieder, bin ich doch kein Dieb!«

»Doch, dann bist du ein Dieb«, behauptete der Professor.

»Quatsch dir keine Fransen«, murrte Traugott.

»Der Professor hat sicher Recht«, griff Emil ein. »Wenn ich jemandem heimlich was wegnehme, bin ich ein Dieb. Ob es ihm gehört oder ob er es mir erst gestohlen hat, ist egal.«

»Genau so ist es«, sagte der Professor. »Tut mir den Gefallen und haltet hier keine klugen Reden, die nichts nützen. Der Laden ist eingerichtet. Wie wir uns den Halunken kaufen, können wir noch nicht wissen. Das werden wir schon deichseln. Jedenfalls steht fest, dass er es freiwillig wieder hergeben muss. Stehlen wäre idiotisch.«

90

»Das versteh ich nicht«, meinte der kleine Dienstag. »Was mir gehört, kann ich doch nicht stehlen können! Was mir gehört, gehört eben mir, auch wenn's in einer fremden Tasche steckt!«

»Das sind Unterschiede, die sich schwer begreifen lassen«, dozierte der Professor, »moralisch bist du meinetwegen im Recht. Aber das Gericht verurteilt dich trotzdem. Das verstehen sogar viele Erwachsene nicht. Aber es ist so.«

»Von mir aus«, sagte Traugott und zuckte die Achseln.

»Und seid ja recht geschickt! Könnt ihr gut schleichen?«, fragte Petzold. »Sonst dreht er sich um, und schon sieht er euch. Dann guten Abend.«

»Ja, gut geschlichen muss werden«, bestätigte der kleine Dienstag. »Deswegen hatte ich ja auch gedacht, ihr könntet mich brauchen. Ich schleiche wundervoll. Und ich wäre unerhört als so eine Art Polizeihund. Bellen kann ich auch.«

»Schleiche mal in Berlin, dass dich niemand sieht!« Emil regte sich auf. »Wenn du willst, dass dich alle sehen sollen, brauchst du nur zu schleichen.«

»Aber einen Revolver müsstet ihr haben!«, riet Petzold. Er war nicht totzukriegen mit seinen Vorschlägen.

»Einen Revolver braucht ihr«, riefen zwei, drei andere.

»Nein«, sagte der Professor.

»Der Dieb hat sicher einen.« Traugott hätte am liebsten gewettet.

»Gefahr ist eben dabei«, erklärte Emil, »und wer Angst hat, geht am besten schlafen.«

»Willst du etwa damit sagen, dass ich ein Feigling bin?«, erkundigte sich Traugott und trat wie ein Ringkämpfer in die Mitte.

»Ordnung!«, rief der Professor. »Keilt euch morgen! Was sind das für Zustände? Ihr benehmt euch ja wahrhaftig wie . . . wie die Kinder!«

»Wir sind doch auch welche«, sagte der kleine Dienstag. Und da mussten alle lachen.

»Eigentlich sollte ich meiner Großmutter ein paar Zeilen schreiben. Denn meine Verwandten haben ja keine Ahnung, wo ich bin. Womöglich rennen sie noch zur Polizei. Kann mir jemand, während wir den Kerl hetzen, einen Brief besorgen? Schumannstraße 15 wohnen sie. Es wäre sehr freundlich.«

»Mach ich«, meldete sich ein Junge, der Bleuer hieß. »Schreib nur schnell! Damit ich hinkomme, ehe das Haus geschlossen wird. Ich fahre bis zum Oranienburger Tor. Mit der Untergrund. Wer gibt mir Pinke?«

Der Professor gab ihm Fahrgeld. Zwanzig Pfennige, für Hin- und Rückfahrt. Emil borgte sich Bleistift und Papier. Und schrieb:

Liebe Großmutter!

Sicher habt ihr Sorge, wo ich bin. Ich bin in Berlin. Kann aber leider noch nicht kommen, weil ich vorher was Wichtiges erledigen muss. Fragt nicht, was. Und ängstigt euch nicht. Wenn alles geordnet ist, komm ich und freu mich schon jetzt. Der Junge mit dem Brief ist ein Freund und weiß, wo ich stecke. Darf es aber nicht erzählen. Denn es ist ein Amtsgeheimnis. Viele Grüße auch an Onkel, Tante und Pony Hütchen

dein treuer Enkel Emil.

NB. Mutti lässt vielmals grüßen. Blumen hab ich auch mit. Die kriegst du, sobald ich kann.

Emil schrieb dann noch die Adresse auf die Rückseite, kniff das Papier zusammen und sagte: »Dass du aber niemandem von meinen Leuten erzählst, wo ich stecke und dass das Geld futsch ist. Sonst geht mir's elend.«

»Schon gut, Emil!«, meinte Bleuer. »Gib das Telegramm her! Wenn ich zurück bin, klingle ich den kleinen Dienstag an, um zu hören, was indessen passiert ist. Und melde mich beim Bereitschaftsdienst.« Dann rannte er fort.

Inzwischen waren die fünf Jungen wiedergekommen

und brachten Stullenpakete angeschleppt. Gerold lieferte sogar eine ganze Schlackwurst ab. Er hätte sie von seiner Mutter gekriegt, erzählte er. Na ja.

Die fünf hatten zu Hause angedeutet, dass sie noch ein paar Stunden wegblieben.

Emil verteilte die Stullen, und jeder steckte sich eine als Reserve in die Tasche. Die Wurst erhielt Emil selber zur Verwaltung.

Dann rannten fünf andere Jungen heim, um zu bitten, dass sie noch einmal, für längere Zeit, wegdürften. Zwei von ihnen kamen nicht wieder. Die Eltern hatten es wahrscheinlich verboten.

Der Professor gab die Parole aus. Damit man immer gleich wüsste, wenn jemand käme oder telefonierte, ob er dazugehöre. Die Parole lautete: »Emil!« Das war leicht zu merken.

Dann schob der kleine Dienstag mit Traugott, dem mürrischen Verbindungsmann, ab und wünschte den Detektiven Hals- und Beinbruch. Der Professor rief ihm noch nach, er möge doch für ihn zu Hause anrufen und dem Vater sagen, er, der Professor, habe was Dringendes vor. »Dann ist er beruhigt und hat nichts dagegen«, fügte er hinzu.

»Donnerwetter noch mal«, sagte Emil, »gibt's in Berlin famose Eltern!«

»Bilde dir ja nicht ein, dass sie alle so gemütlich sind«, meinte Krummbiegel und kratzte sich hinter den Ohren.

»Doch, doch! Der Durchschnitt ist ganz brauchbar«, widersprach der Professor. »Es ist ja auch das Gescheiteste. Auf diese Weise werden sie nicht belogen. Ich habe meinem alten Herrn versprochen, nichts zu tun, was unanständig oder gefährlich ist. Und solange ich das Versprechen halte, kann ich machen, was ich will. Ist ein glänzender Kerl, mein Vater.«

»Wirklich famos!«, wiederholte Emil. »Aber höre mal, vielleicht wird's heute doch gefährlich?«

»Na, da ist's eben aus mit der Erlaubnis«, erklärte der Professor und zuckte die Achseln. »Er hat gesagt, ich solle mir immer ausmalen, ob ich genauso handeln würde, wenn er dabei wäre. Und das täte ich heute. So, nun wollen wir aber abhauen!«

Er pflanzte sich vor den Jungens auf und rief: »Die Detektive erwarten, dass ihr funktioniert. Die Telefonzentrale ist eingerichtet. Mein Geld lasse ich euch da. Es sind noch eine Mark und fünfzig Pfennige. Hier, Gerold, nimm und zähle nach! Proviant ist da. Geld haben wir. Die Telefonnummer weiß jeder. Noch eins, wer nach Hause muss, saust ab! Aber mindestens fünf Leute müssen dableiben. Gerold, du haftest uns dafür. Zeigt, dass ihr richtige Jungens seid! Wir werden inzwischen unser

Möglichstes tun. Wenn wir Ersatz brauchen, schickt der kleine Dienstag den Traugott zu euch. Hat wer noch 'ne Frage? Ist alles klar? Parole Emil!«

»Parole Emil!«, riefen die Jungen, dass der Nikolsburger Platz wackelte und die Passanten Stielaugen machten.

Emil war direkt glücklich, dass ihm das Geld gestohlen worden war.

Zehntes Kapitel
Eine Autodroschke wird verfolgt

Da kamen drei Stafettenläufer aus der Trautenaustraße gestürmt und fuchtelten mit den Armen.

»Los!«, sagte der Professor. Und schon rannten er, Emil, die Brüder Mittenzwey und Krummbiegel nach der Kaiserallee, als sollten sie den Weltrekord über hundert Yards brechen. Die letzten zehn Meter bis zur Zeitungsbude legten sie vorsichtig und im Schritt zurück, weil Gustav abwinkte.

»Zu spät?«, fragte Emil außer Atem.

»Bist du meschugge, Mensch?«, flüsterte Gustav. »Wenn ich was mache, mach ich's richtig.«

Der Dieb stand, auf der anderen Seite der Straße, vor dem Café Josty und betrachtete sich die Gegend, als wäre er in der Schweiz. Dann kaufte er einem Zeitungsverkäufer ein Abendblatt ab und begann zu lesen.

»Wenn er jetzt hier rüberkommt, auf uns los, wird's eklig«, meinte Krummbiegel.

Sie standen hinter dem Kiosk, drängten die Köpfe an der Wand vorbei und zitterten vor Spannung. Der Dieb nahm darauf nicht die mindeste Rücksicht, sondern blätterte mit bewundernswerter Ausdauer in seiner Zeitung.

»Der schielt sicher übern Rand weg, ob ihm jemand auflauert«, taxierte Mittenzwey der Ältere.

»Hat er oft zu euch hergeblickt?«, fragte der Professor.

»Nicht die Bohne, Mensch! Gefuttert hat er, als hätte er seit drei Tagen nischt gegessen.«

»Achtung!«, rief Emil.

Der Mann im steifen Hut faltete die Zeitung wieder zusammen, musterte die Vorübergehenden, winkte dann, blitzartig, einer leeren Autodroschke, die an ihm vorbeifuhr. Das Auto hielt, der Mann stieg ein, das Auto fuhr weiter.

Doch da saßen die Jungen schon in einem andren Auto, und Gustav sagte zu dem Chauffeur: »Sehen Sie die Droschke, die jetzt zum Prager Platz einbiegt? Ja? Fahren Sie hinterher, Herr Chauffeur. Aber vorsichtig, dass er es nicht merkt.«

Der Wagen zog an, überquerte die Kaiserallee und fuhr, in gemessenem Abstand, hinter der anderen Droschke her.

»Was ist denn los?«, fragte der Chauffeur.

»Ach, Mensch, da hat einer was ausgefressen, und dem gehen wir nicht mehr von der Pelle«, erklärte Gustav. »Aber das bleibt unter uns, verstanden?«

»Wie die Herren wünschen«, antwortete der Chauffeur und fragte noch: »Habt ihr denn auch Geld?«

»Wofür halten Sie uns eigentlich?«, rief der Professor vorwurfsvoll.

»Na, na«, knurrte der Mann.

»IA 3733 ist seine Nummer«, gab Emil bekannt.

»Sehr wichtig«, meinte der Professor und notierte sich die Ziffer.

»Nicht zu nahe ran an den Kerl!«, warnte Krummbiegel.

»Schon gut«, murmelte der Chauffeur.

So ging es die Motzstraße entlang, über den Viktoria-Luise-Platz und die Motzstraße weiter. Ein paar Leute blieben auf den Fußsteigen stehen, blickten dem Auto nach und lachten über die komische Herrenpartie.

»Ducken!«, flüsterte Gustav. Die Jungen warfen sich zu Boden und lagen wie Kraut und Rüben durcheinander.

»Was gibt's denn?«, fragte der Professor.

»An der Lutherstraße ist rotes Licht, Mensch! Wir müssen gleich halten, und der andre Wagen kommt auch nicht rüber.«

Tatsächlich hielten beide Wagen und warteten hintereinander, bis das grüne Licht wieder aufleuchtete und die Durchfahrt freigab. Aber niemand konnte merken, dass die zweite Autodroschke besetzt war. Sie schien leer. Die

Jungen duckten sich geradezu vorbildlich. Der Chauffeur drehte sich um, sah die Bescherung und musste lachen. Während der Weiterfahrt krochen sie vorsichtig wieder hoch.

»Wenn die Fahrt nur nicht zu lange dauert«, sagte der Professor und musterte die Taxameteruhr. »Der Spaß kostet schon 80 Pfennige.«

Die Fahrt war sogar sehr schnell zu Ende. Am Nollendorfplatz hielt die erste Autodroschke, direkt vor dem Hotel Kreid. Der zweite Wagen hatte rechtzeitig gebremst und wartete, außerhalb der Gefahrenzone, was nun werden würde.

Der Mann im steifen Hut stieg aus, zahlte und verschwand im Hotel.

»Gustav, hinterher!«, rief der Professor nervös. »Wenn das Ding zwei Ausgänge hat, ist er futsch.« Gustav verschwand.

Dann stiegen die anderen Jungen aus. Emil zahlte. Es kostete eine Mark. Der Professor führte seine Leute rasch durch das eine Tor, das an einem Lichtspieltheater vorbei in einen großen Hof führt, der sich hinter dem Kino und dem Theater am Nollendorfplatz ausbreitet. Dann schickte er Krummbiegel vor, er möge Gustav abfangen.

»Wenn der Kerl in dem Hotel bleibt, haben wir

100

Glück«, urteilte Emil. »Dieser Hof hier ist ja ein wundervolles Standquartier.«

»Mit allem Komfort der Neuzeit«, stimmte der Professor bei, »Untergrundbahnhof gegenüber, Anlagen zum Verstecken, Lokale zum Telefonieren. Besser geht's gar nicht.«

»Hoffentlich benimmt sich Gustav gerissen«, sagte Emil.

»Auf den ist Verlass«, antwortete Mittenzwey der Ältere. »Der ist gar nicht so ungeschickt, wie er aussieht.«

»Wenn er nur bald käme«, meinte der Professor und setzte sich auf einen Stuhl, der verlassen auf dem Hofe stand. Er sah aus wie Napoleon während der Schlacht bei Leipzig.

Und dann kam Gustav wieder. »Den hätten wir«, sagte er und rieb sich die Hände. »Er ist also richtig im Hotel abgestiegen. Ich sah, wie ihn der Boy im Lift hochfuhr. Einen zweiten Ausgang gibt's auch nicht. Ich habe mir die Bude von allen Seiten aus betrachtet. Wenn er nicht übers Dach davonwandert, ist er in der Falle.«

»Krummbiegel steht Wache?«, fragte der Professor.

»Natürlich, Mensch!«

Dann erhielt Mittenzwey der Ältere einen Groschen, rannte in ein Café und telefonierte mit dem kleinen Dienstag.

Der kleine Dienstag notierte sich alles gründlich.

»Hallo, Dienstag?«

»Jawohl, am Apparat«, krähte der kleine Dienstag am anderen Ende.

»Parole Emil! Hier Mittenzwey senior. Der Mann im steifen Hut wohnt im Hotel Kreid, Nollendorfplatz. Das Standquartier befindet sich im Hof der West-Lichtspiele, linkes Tor.«

Der kleine Dienstag notierte sich alles gründlich, wiederholte und fragte: »Braucht ihr Verstärkung, Mittendurch?«

»Nein!«

»War's schwer bis jetzt?«

»Na, es ging. Der Kerl nahm sich ein Auto, wir ein andres, verstehst du, und immer hinterher, bis er hier ausstieg. Er hat ein Zimmer genommen und ist jetzt oben. Guckt wahrscheinlich nach, ob wer unterm Bett liegt und mit sich Skat spielt.«

»Welche Zimmernummer?«

»Das wissen wir noch nicht. Aber wir kriegen's schon raus.«

»Ach, ich wäre so gern mit dabei! Weißt du, wenn wir nach den Ferien den ersten freien Aufsatz haben, schreib ich drüber.«

»Haben schon andre angerufen?«

»Nein, niemand. Es ist zum Kotzen.«

»Na servus, kleiner Dienstag.«

»Guten Erfolg, meine Herren. Was ich noch sagen wollte ... Parole Emil!«

»Parole Emil!«, antwortete Mittenzwey und meldete sich dann wieder im Hof der West-Lichtspiele zur Stelle. Es war schon acht Uhr. Der Professor ging, die Wache zu kontrollieren.

»Heute kriegen wir ihn sicher nicht mehr«, sagte Gustav ärgerlich.

»Es ist trotzdem das Beste für uns, wenn er gleich schlafen geht«, erklärte Emil, »denn wenn er jetzt noch stundenlang im Auto rumsaust und in Restaurants geht oder tanzen oder ins Theater oder alles zusammen – da können wir ja vorher ruhig ein paar Auslandskredite aufnehmen.«

Der Professor kam zurück, schickte die beiden Mittenzwey als Verbindungsleute auf den Nollendorfplatz und war sehr wortkarg. »Wir müssen was überlegen, wie wir den Kerl besser beobachten können«, sagte er, »denkt mal, bitte, scharf nach.«

So saßen sie geraume Zeit und grübelten heftig.

Da ertönte im Hof eine Fahrradklingel, und in den Hof rollte ein kleines vernickeltes Rad. Darauf saß ein kleines Mädchen, und hinten auf dem Rad stand Kamerad Bleuer. Und beide riefen: »Hurra!«

Emil sprang auf, half beiden vom Rad, schüttelte dem

kleinen Mädchen begeistert die Hand und sagte zu den andern: »Das ist meine Kusine Pony Hütchen.«

Der Professor bot Hütchen höflich seinen Stuhl an, und sie setzte sich.

»Also, Emil, du Rabe«, sagte sie, »kommt nach Berlin und dreht gleich 'nen Film! Wir wollten gerade noch mal nach dem Bahnhof Friedrichstraße zum Neustädter Zug, da kam dein Freund Bleuer mit dem Brief. Netter Kerl übrigens. Gratuliere.«

Bleuer wurde rot und drückte die Brust raus.

»Na ja«, erzählte Pony, »die Eltern und Großmutter sitzen nun zu Haus und bohren sich Löcher in den Kopf, was mit dir eigentlich los ist. Wir haben ihnen natürlich nichts erzählt. Ich habe bloß Bleuer noch vors Haus gebracht und bin ein bisschen mit ihm ausgekratzt. Aber ich muss gleich wieder nach Haus. Sonst alarmieren sie das Überfallkommando. Denn noch 'n Kind weg, an ein und demselben Tag, das hielten ihre Nerven nicht aus.«

»Hier ist der Groschen für die Rückfahrt«, sagte Bleuer stolz, »den haben wir gespart.« Und der Professor steckte das Geld ein.

»Waren sie böse?«, fragte Emil.

»Nicht die Bohne«, meinte Hütchen, »Großmutter ist durchs Zimmer galoppiert und hat dauernd gerufen: ›Mein Enkel Emil ist erst auf 'nen Sprung beim Reichspräsidenten!‹, bis sich die Eltern beruhigten. Aber morgen schnappt ihr den Kunden hoffentlich? Wer ist denn euer Stuart Webbs?«

»Hier«, sagte Emil, »das ist der Professor.«

»Sehr angenehm, Herr Professor«, erklärte Hütchen, »endlich lerne ich mal ’nen richtigen Detektiv kennen.«

Der Professor lachte verlegen und stotterte ein paar unverständliche Worte.

»So, und hier«, sagte Pony, »ist mein Taschengeld, fünfundzwanzig Pfennige. Kauft euch ein paar Zigarren.«

Emil nahm das Geld. Sie saß wie eine Schönheitskönigin auf dem Stuhl, und die Jungen umstanden sie wie die Preisrichter.

»Und nun mach ich mich schwach«, sagte Pony Hütchen, »morgen früh bin ich wieder da. Wo werdet ihr schlafen? Gott, ich bliebe ja zu gern hier und würde euch Kaffee kochen. Aber was soll man machen? Ein anständiges Mädchen gehört in die Klappe. So! Wiedersehen, meine Herren! Gute Nacht, Emil!«

Sie gab Emil einen Schlag auf die Schulter, sprang auf ihr Rad, klingelte fidel und radelte davon.

Die Jungen standen eine ganze Zeit sprachlos.

Dann tat der Professor den Mund auf und sagte:

»Verflucht noch mal!«

Und die andern gaben ihm völlig Recht.

Elftes Kapitel
Ein Spion schleicht ins Hotel

Die Zeit verging langsam.

Emil besuchte die drei Vorposten und wollte einen von ihnen ablösen. Aber Krummbiegel und die beiden Mittenzwey sagten, sie blieben. Dann wagte sich Emil, sehr vorsichtig, bis ans Hotel Kreid, informierte sich und kehrte, ziemlich aufgeregt, in den Hof zurück.

»Ich habe das Gefühl«, sagte er, »es müsste was geschehen. Wir können doch nicht die ganze Nacht das Hotel ohne Spion lassen! Krummbiegel steht zwar an der Ecke Kleiststraße. Aber er braucht nur den Kopf wegzudrehen, und schon kann Grundeis flöten gehn.«

»Du hast gut reden, Mensch«, entgegnete Gustav. »Wir können doch nicht einfach zu dem Portier laufen und sagen: ›Hörnse mal, wir sind so frei und setzen uns auf die Treppe.‹ Und du selber kannst schon gar nicht in das Haus. Wenn der Halunke aus seiner Tür guckt und dich erkennt, war der ganze Zauber bis jetzt umsonst.«

»So meine ich's auch nicht«, antwortete Emil.

»Sondern?«, fragte der Professor.

107

»In dem Hotel gibt's doch einen Jungen. Der den Fahrstuhl bedient und derartige Sachen. Wenn nun wer von uns zu ihm ginge und erzählte, was los ist, na, der kennt doch das Hotel wie seine Westentasche und weiß bestimmt einen guten Rat.«

»Gut«, sagte der Professor, »sehr gut, sogar!« Er hatte eine komische Angewohnheit. Es war stets, als verteile er an die anderen Zensuren. Deshalb hieß er ja auch der Professor.

»Dieser Emil! Noch so ein Tipp, und wir machen dich zum Ehrendoktor. Schlau wie ein Berliner!«, rief Gustav.

»Bilde dir bloß nicht ein, nur ihr seid schlau!« Emil wurde empfindlich. Er fühlte sich in seinem Neustädter Patriotismus verwundet. »Wir müssen überhaupt noch miteinander boxen.«

»Warum denn?«, fragte der Professor.

»Ach, er hat meinen guten Anzug schwer beleidigt.«

»Der Boxkampf findet morgen statt«, entschied der Professor, »morgen oder überhaupt nicht.«

»Er ist gar nicht so doof, der Anzug. Ich hab mich schon dran gewöhnt, Mensch«, erklärte Gustav gutmütig. »Boxen können wir aber trotzdem. Ich mache dich aber darauf aufmerksam, dass ich der Champion der Landhausbande bin. Sieh dich vor!«

»Und ich bin in der Schule der Meister fast aller Gewichtsklassen«, behauptete Emil.

»Schrecklich, ihr Muskelpietsche!«, sagte der Professor. »Eigentlich wollte ich selber hinüber ins Hotel. Aber euch beide kann man ja keine Minute allein lassen. Sonst fangt ihr euch sofort zu hauen an.«

»Dann geh eben ich!«, schlug Gustav vor.

»Richtig!«, sagte der Professor. »Da gehst eben du! Und sprich mit dem Boy. Sei aber vorsichtig! Vielleicht lässt sich was machen. Stelle fest, in welchem Zimmer der Kerl wohnt. In einer Stunde kommst du wieder und erstattest Bericht.«

Gustav verschwand.

Der Professor und Emil traten vors Tor und erzählten sich von ihren Lehrern. Dann erklärte der Professor dem andern die verschiedenen in- und ausländischen Automarken, die vorbeifuhren, bis Emil ein bisschen Bescheid wusste. Und dann aßen sie gemeinsam eine Stulle.

Es war schon dunkel geworden. Überall flammten Lichtreklamen auf. Die Hochbahn donnerte vorüber. Die Untergrundbahn dröhnte. Straßenbahnen und Autobusse, Autos und Fahrräder vollführten ein tolles Konzert. Im Café Woerz wurde Tanzmusik gespielt. Die Kinos, die am Nollendorfplatz liegen, begannen mit der letzten Vorstellung. Und viele Menschen drängten hinein.

»So ein großer Baum wie der da drüben am Bahnhof«, meinte Emil, »kommt einem hier ganz ulkig vor. Nicht? Er sieht aus, als hätte er sich verlaufen.« Der Junge war bezaubert und gerührt. Und er vergaß beinahe, wozu er hier stand und dass ihm hundertvierzig Mark fehlten.

»Berlin ist natürlich großartig. Man denkt, man sitzt im Kino. Aber ich weiß nicht recht, ob ich immer hier leben möchte. In Neustadt haben wir den Obermarkt und den Niedermarkt und den Bahnhofsplatz. Und die Spielplätze am Fluss und im Amselpark. Das ist alles. Trotzdem, Professor, ich glaube, mir genügt's. Immer solcher Fastnachtsrummel, immer hunderttausend Straßen und Plätze? Da würde ich mich dauernd verlaufen. Überleg dir mal, wenn ich euch nicht hätte und stünde ganz alleine hier! Da krieg ich gleich 'ne Gänsehaut.«

»Man gewöhnt sich dran«, sagte der Professor. »Ich hielte es wahrscheinlich wieder nicht in Neustadt aus, mit drei Plätzen und dem Amselpark.«

»Man gewöhnt sich dran«, sagte Emil, »aber schön ist Berlin. Keine Frage, Professor. Wunderschön.«

»Ist deine Mutter eigentlich sehr streng?«, fragte der Berliner Junge.

»Meine Mutter?«, fragte Emil. »Aber keine Spur. Sie erlaubt mir alles. Aber ich tu's nicht. Verstehst du?«

»Nein«, erklärte der Professor offen, »das versteh ich nicht.«

»So? Also pass mal auf. Habt ihr viel Geld?«

»Das weiß ich nicht. Wir sprechen zu Hause wenig drüber.«

»Ich glaube, wenn man zu Hause wenig über Geld spricht, hat man viel von der Sorte.«

Der Professor dachte einen Moment nach und sagte: »Das ist schon möglich.«

»Siehst du. Wir sprechen oft darüber, meine Mutter und ich. Wir haben eben wenig. Und sie muss fortwährend verdienen, und trotzdem reicht es an keiner Ecke. Aber wenn wir einen Klassenausflug machen, gibt mir meine Mutter genauso viel Geld mit, wie die anderen Jungen kriegen. Manchmal sogar noch mehr.«

»Wie kann sie das denn?«

»Das weiß ich nicht. Aber sie kann's. Und da bring ich dann eben die Hälfte wieder mit.«

»Will sie das?«

»Unsinn! Aber ich will's.«

»Aha!«, sagte der Professor. »So ist das bei euch.«

»Jawohl. So ist das. Und wenn sie mir erlaubt, mit Prötzsch aus der ersten Etage bis neun Uhr abends in die Heide zu gehen, bin ich gegen sieben wieder zurück. Weil ich nicht will, dass sie allein in der Küche sitzt und Abendbrot isst. Dabei verlangt sie unbedingt, dass ich mit den andern bleiben soll. Ich hab's ja auch versucht. Aber da macht mir das Vergnügen gar kein Vergnügen mehr. Und im Grunde freut sie sich ja doch, dass ich früh heimkomme.«

»Nee«, sagte der Professor. »Das ist bei uns allerdings anders. Wenn ich wirklich zeitig nach Hause komme, kann ich wetten, sie sind im Theater oder eingeladen. Wir haben uns ja auch ganz gerne. Muss man schon sagen. Aber wir machen wenig Gebrauch davon.«

»Es ist eben das Einzige, was wir uns leisten können! Deswegen bin ich noch lange kein Muttersöhnchen. Und wer das nicht glaubt, den schmeiße ich an die Wand. Es ist eigentlich ganz einfach zu verstehen.«

»Ich versteh es schon.«

Die zwei Knaben standen eine Zeit lang im Torbogen, ohne zu sprechen. Es wurde Nacht. Sterne glitzerten. Und der Mond schielte mit einem Auge über die Hochbahn weg.

Der Professor räusperte sich und fragte, ohne den andern anzusehn: »Da habt ihr euch wohl sehr lieb?«

»Kolossal«, antwortete Emil.

Zwölftes Kapitel
EIN GRÜNER LIFTBOY ENTPUPPT SICH

Gegen zehn Uhr erschien eine Abordnung des Bereitschaftsdienstes im Kinohofe, brachte noch einmal Stullen angeschleppt, als gelte es, hundert hungernde Völker zu füttern, und erbat weitere Befehle. Der Professor war sehr aufgebracht und erklärte, sie hätten hier gar nichts zu suchen, sondern am Nikolsburger Platz auf Traugott, den Verbindungsmann von der Telefonzentrale, zu warten.

»Sei nicht so ekelhaft!«, sagte Petzold. »Wir sind ganz einfach neugierig, wie es bei euch aussieht.«

»Und außerdem dachten wir schon, euch sei was zugestoßen, weil Traugott überhaupt nicht kam«, fügte Gerold entschuldigend hinzu.

»Wie viele sind noch am Nikolsburger Platz?«, fragte Emil.

»Vier. Oder drei«, berichtete Friedrich der Erste.

»Es können auch nur zwei sein«, meinte Gerold.

»Frage sie nicht weiter«, rief der Professor wütend, »sonst sagen sie noch, es wäre überhaupt niemand mehr dort!«

»Schrei gefälligst nicht so«, sagte Petzold, »du hast mir einen Dreck zu befehlen.«

»Ich schlage vor, dass Petzold sofort ausgewiesen wird und dass man ihm verbietet, weiterhin an der Jagd teilzunehmen«, rief der Professor und stampfte mit dem Fuß auf.

»Es tut mir Leid, dass ihr euch meinetwegen zankt«, sagte Emil. »Wir wollen wie im Reichstag abstimmen. Ich beantrage nur, Petzold streng zu verwarnen. Denn es geht natürlich nicht, dass jeder einfach tut, was er will.«

»Macht euch ja nicht mausig, ihr Saukerle! Ich gehe sowieso, dass ihr's wisst!« Dann sagte Petzold noch etwas furchtbar Unanständiges und zog ab.

»Er hat uns überhaupt erst angestiftet. Sonst wären wir gar nicht hierher gelaufen«, erzählte Gerold. »Und Zerlett ist im Bereitschaftslager zurückgeblieben.«

»Kein Wort mehr über Petzold«, befahl der Professor und sprach schon wieder ganz ruhig. Er nahm sich mächtig zusammen. »Erledigt.«

»Und was wird nun aus uns?«, fragte Friedrich der Erste.

»Das Beste wird sein, ihr wartet, bis Gustav aus dem Hotel eintrifft und Bericht gibt«, schlug Emil vor.

»Gut«, sagte der Professor. »Ist das dort nicht der Hotelboy?«

»Ja, das ist er«, bestätigte Emil.

Im Torbogen stand – in einer grünen Livree und mit einem genauso grünen, schräg sitzenden Käppi auf dem Kopf – ein Junge. Er winkte den andern und kam langsam näher.

»Eine schneidige Uniform hat er an. Donnerwetter!«, meinte Gerold neidisch.

»Bringst du von unserem Spion Gustav Nachricht?«, rief der Professor.

Der Boy war schon ganz nahe, nickte und sagte: »Jawohl.«

»Also, bitte schön, was gibt's?«, fragte Emil gespannt.

Da erklang plötzlich eine Hupe! Und der grüne Boy sprang wie verrückt im Hausflur hin und her und lachte. »Emil, Mensch«, rief er, »bist du aber dämlich!«

Es war nämlich gar nicht der Boy, sondern Gustav selber.

»Du grüner Junge!«, schimpfte Emil zum Spaß. Da lachten die andern auch. Bis jemand in einem der Hofhäuser ein Fenster aufriss und »Ruhe!« schrie.

»Großartig!«, sagte der Professor. »Aber leiser, meine Herren. Komm her, Gustav, setz dich und erzähle.«

»Mensch, das reinste Theater. Zum Quietschen. Also, hört zu! Ich schleiche ins Hotel, sehe den Boy rumstehn und mache Winkewinke. Er kommt zu mir, na, und ich bete ihm die ganze Geschichte vor. Von A bis Z, so ungefähr. Von Emil. Und von uns. Und von dem Dieb. Und dass er in dem Hotel wohnte. Und dass wir eklig aufpassen müssten, damit wir ihm morgen das Geld wieder abjagen.

›Sehr niedlich‹, sagt der Boy. ›Ich hab noch eine Uniform. Die ziehst du an und machst den zweiten Boy.‹

›Aber was wird denn der Portier dazu sagen? Er meckert sicher‹, geb ich zur Antwort.

›Der meckert nicht. Der erlaubt's‹, sagt er, ›denn der Portier ist mein Vater.‹

Was er seinem Ollen aufgeredet hat, weiß ich nicht. Jedenfalls kriegte ich die Uniform hier, darf in einer Hausdienerstube, die grade leer steht, übernachten und sogar noch jemanden mitbringen. Na, was sagt ihr nun?«

»In welchem Zimmer wohnt der Dieb?«, fragte der Professor.

»Dir kann man aber auch mit gar nichts imponieren«, knurrte Gustav gekränkt. »Ich habe natürlich nichts zu arbeiten. Nur im Wege sein soll ich nicht. Der Boy vermutete, der Dieb wohnt auf Zimmer 61. Ich also rauf in die dritte Etage. Und nun Spion gespielt. Gänzlich unauffällig, versteht sich. Hinterm Treppengeländer gelauert und so. Nach einer halben Stunde etwa geht auch richtig die Tür von 61 auf. Und wer kommt rausgedusselt? Unser

Herr Dieb! Er musste mal – na ja, ihr wisst schon. Ich hatte ihn mir am Nachmittag gründlich beschnarcht. Er war's! Kleiner schwarzer Schnurrbart, Ohren, durch die der Mond scheinen kann, und eine Visage, die ich nicht geschenkt haben möchte. Wie er wieder zurückkommt, von – na ja, ihr wisst schon, da trudle ich ihm vor die Beine, stehe stramm und frage: ›Suchen der Herr was? Haben der Herr Gast einen Wunsch?‹

›Nein‹, sagt er, ›ich brauche nichts. Oder doch! Warte mal! Melde dem Portier, er soll mich morgen früh Punkt acht Uhr wecken lassen. Zimmer 61. Vergiss es aber nicht!‹

›Nein, darauf können sich der Herr verlassen‹, sag ich und kneif mir vor Begeisterung in die Hose, ›das vergess ich nicht! Punkt acht klingelt auf Zimmer 61 das Telefon!‹ Die wecken nämlich telefonisch. Er nickt friedlich und trollt in die Klappe.«

»Ausgezeichnet!« Der Professor war aufs höchste befriedigt und die andern erst recht. »Ab acht Uhr wird er vor dem Hotel feierlich erwartet. Dann geht die Jagd weiter. Und dann wird er geschnappt.«

»Der ist so gut wie erledigt«, rief Gerold.

»Blumenspenden verbeten«, sagte Gustav. »Und nun haue ich ab. Ich musste nur für Zimmer 12 einen Brief in den Kasten werfen. Fünfzig Pfennig Trinkgeld. Ein lohnender Beruf. Der Boy hat an manchem Tag zehn Mark Trinkgelder. Erzählt er. Also, gegen sieben Uhr steh ich auf, kümmere mich darum, dass unser Halunke pünktlich geweckt wird. Und dann finde ich mich hier wieder ein.«

»Lieber Gustav, ich bin dir dankbar«, meinte Emil, fast feierlich. »Nun kann nichts mehr passieren. Morgen wird er gehascht. Und jetzt können alle ruhig schlafen gehen, was, Professor?«

»Jawohl. Alles rückt ab und schläft sich aus. Und morgen früh, Punkt acht Uhr, sind alle Anwesenden wieder hier. Wer noch etwas Geld lockermachen kann, tut's. Ich rufe jetzt noch den kleinen Dienstag an. Er soll die andern, die sich morgens melden, wieder als Bereitschaftsdienst versammeln. Vielleicht müssen wir ein Kesseltreiben machen. Man kann nicht wissen.«

»Ich gehe mit Gustav ins Hotel schlafen«, sagte Emil.

»Los, Mensch! Es wird dir großartig gefallen. Eine wunderbare Flohkiste!«

»Ich telefoniere erst noch«, sagte der Professor. »Dann geh ich auch nach Hause und schicke Zerlett heim. Der sitzt sonst bis morgen früh am Nikolsburger Platz und wartet auf Kommandos. Ist alles klar?«

»Jawohl, Herr Polizeipräsident«, lachte Gustav.

»Morgen früh Punkt acht hier im Hof«, sagte Gerold.

»Bisschen Geld mitbringen«, erinnerte Friedrich der Erste.

Man verabschiedete sich. Alle schüttelten sich, wie kleine ernste Männer, die Hände. Die einen marschierten heim. Gustav und Emil zogen ins Hotel. Der Professor ging quer über den Nollendorfplatz, um vom Café Hahnen aus den kleinen Dienstag anzurufen.

Und eine Stunde später schliefen sie alle. Die meisten in ihren Betten. Zwei in einer Gesindestube, im vierten Stock des Hotel Kreid.

Und einer neben dem Telefon, in Vaters Lehnstuhl. Das war der kleine Dienstag. Er verließ seinen Posten nicht. Traugott war nach Hause gegangen. Der kleine Dienstag aber wich nicht vom Apparat. Er hockte in den Polstern und schlief und träumte von vier Millionen Telefongesprächen.

Um Mitternacht kamen seine Eltern aus dem Theater heim. Sie wunderten sich nicht wenig, als sie ihren Sohn im Lehnstuhl erblickten.

Die Mutter nahm ihn hoch und trug ihn in sein Bett. Er zuckte zusammen und murmelte noch im Schlaf: »Parole Emil!«

Dreizehntes Kapitel
HERR GRUNDEIS KRIEGT EINE EHRENGARDE

Die Fenster des Zimmers 61 gingen auf den Nollendorf-platz. Und als Herr Grundeis, am nächsten Morgen, während er sich die Haare kämmte, hinuntersah, fiel ihm auf, dass sich zahllose Kinder herumtrieben. Mindestens zwei Dutzend Jungen spielten gegenüber, vor den Anlagen, Fußball. Eine andere Abteilung stand an der Kleist-straße. Am Untergrundbahnhofeingang standen Kinder.

»Wahrscheinlich Ferien«, knurrte er verärgert und band sich den Schlips um.

Inzwischen hielt der Professor im Kinohof eine Funk-tionärsversammlung ab und schimpfte wie ein Rohrspatz: »Da zerbricht man sich Tag und Nacht den Schädel, wie man den Mann erwischen kann, und ihr Hornochsen mo-bilisiert unterdessen ganz Berlin! Brauchen wir vielleicht Zuschauer? Drehen wir etwa einen Film? Wenn der Kerl uns durch die Lappen geht, seid ihr dran schuld, ihr Klatschtanten!«

Die andern standen zwar geduldig im Kreise, schienen aber keineswegs an übertrieben heftigen Gewissensbis-

120

sen zu leiden. Es zwickte nur ganz wenig, und Gerold meinte: »Reg dich nicht auf, Professor. Wir kriegen den Dieb so und so.«

»Macht, dass ihr rauskommt, ihr albernen Nussknacker! Und gebt Befehl, dass sich die Bande wenigstens nicht allzu auffällig benimmt, sondern das Hotel überhaupt nicht beachtet. Kapiert? Vorwärts marsch!«

Die Jungen zogen ab. Und nur die Detektive blieben im Hofe zurück.

»Ich habe mir von dem Portier zehn Mark geborgt«, berichtete Emil. »Wenn der Mann ausreißt, haben wir also Geld genug, ihn zu verfolgen.«

»Schicke doch einfach die Kinder draußen nach Hause«, schlug Krummbiegel vor.

»Glaubst du denn im Ernst, dass sie gehen? Und wenn der Nollendorfplatz zerspringt, die bleiben«, sagte der Professor.

»Da hilft nur eins«, meinte Emil. »Wir müssen unsern Plan ändern. Wir können den Grundeis nicht mehr mit Spionen umzingeln, sondern wir müssen ihn richtig hetzen. Daß er's merkt. Von allen Seiten und mit allen Kindern.«

»Das hab ich mir auch schon gedacht«, erklärte der Professor. »Wir ändern am besten unsere Taktik und treiben ihn in die Enge, bis er sich ergibt.«

»Wunderbar!«, schrie Gerold.

»Es wird ihm lieber sein, das Geld rauszugeben, als dass stundenlang zirka hundert Kinder hinter ihm her turnen und schreien, bis die ganze Stadt zusammenläuft und die Polizei ihn hoppnimmt«, urteilte Emil.

Die andern nickten klug. Da klingelte es im Torbogen! Und Pony Hütchen radelte strahlend in den Hof. »Morgen, ihr Hannaken«, rief sie, sprang aus dem Sattel, begrüßte Vetter Emil, den Professor und die Übrigen und holte dann einen kleinen Korb, den sie an der Lenkstange festgebunden hatte. »Ich bringe euch nämlich Kaffee mit«, krähte sie, »und ein paar Buttersemmeln! Sogar eine saubere Tasse hab ich. Ach, der Henkel ist ab! Pech muss der Mensch haben!«

Die Jungen hatten zwar samt und sonders gefrühstückt. Auch Emil schon, im Hotel Kreid. Aber keiner wollte dem kleinen Mädchen die gute Laune verderben. Und so tranken sie aus der Tasse ohne Henkel Milchkaffee und aßen Semmeln, als hätten sie vier Wochen nichts gekriegt.

»Nein, schmeckt das großartig!«, rief Krummbiegel.

»Und wie knusprig die Semmeln sind«, brummte der Professor kauend.

»Nicht wahr?«, fragte Pony. »Ja, ja, es ist eben doch was andres, wenn eine Frau im Hause ist!«

»Im Hofe«, berichtigte Gerold.

»Wie steht's in der Schumannstraße?«, fragte Emil.

»Es geht ihnen, danke. Und einen besonderen Gruß von der Großmutter. Du sollst bald kommen, sonst kriegst du zur Strafe jeden Tag Fisch.«

»Pfui Teufel«, murmelte Emil und verzog das Gesicht.

»Warum pfui Teufel?«, erkundigte sich Mittenzwey der Jüngere. »Fisch ist doch was Feines.« Alle sahen ihn erstaunt an, denn es war seine Gewohnheit, niemals zu reden. Er wurde auch sofort rot und verkrümelte sich hinter seinem großen Bruder.

»Emil kann keinen Bissen Fisch essen. Und wenn er's wirklich versucht, muss er auf der Stelle raus«, erzählte Pony Hütchen.

So plauderten sie und waren denkbar guter Laune. Die Jungen benahmen sich äußerst aufmerksam. Der Professor hielt Ponys Rad. Krummbiegel ging, die Thermosflasche und die Tasse auszuspülen. Mittenzwey senior faltete das Brötchenpapier fein säuberlich zusammen. Emil schnallte den Korb wieder an die Lenkstange. Gerold prüfte, ob noch Luft im Radreifen wäre. Und Pony Hütchen hüpfte im Hof umher, sang sich ein Lied und erzählte zwischendurch alles Mögliche.

»Halt!«, rief sie plötzlich und blieb auf einem Beine stehen. »Ich wollte doch noch was fragen! Was wollen

denn die furchtbar vielen Kinder auf dem Nollendorfplatz draußen? Das sieht ja aus wie eine Ferienkolonie!«

»Das sind Neugierige, die von unsrer Verbrecherjagd
gehört haben. Und nun wollen sie dabei sein«, erklärte
der Professor.

Da kam Gustav durchs Tor gerannt, hupte laut und
brüllte: »Los! Er kommt!« Alle wollten davonstürzen.

»Achtung! Zuhören!«, schrie der Professor. »Wir
werden ihn also einkreisen. Hinter ihm Kinder, vor ihm
Kinder, links Kinder, rechts Kinder! Ist das klar? Weitere Kommandos geben wir unterwegs. Marsch und
raus!«

Sie liefen, rannten und stolperten durchs Tor. Pony
Hütchen blieb, etwas beleidigt, allein zurück. Dann
schwang sie sich auf ihr kleines vernickeltes Rad, murmelte wie ihre eigne Großmutter: »Die Sache gefällt mir
nicht. Die Sache gefällt mir nicht!«, und fuhr hinter den
Jungen her.

Der Mann im steifen Hut trat gerade in die Hoteltür,
stieg langsam die Treppe herunter und wandte sich nach
rechts, der Kleiststraße zu. Der Professor, Emil und
Gustav jagten ihre Eilboten zwischen den verschiedenen
Kindertrupps hin und her. Und drei Minuten später war
Herr Grundeis umzingelt.

Er sah sich, höchlichst verwundert, nach allen Seiten

um. Die Jungen unterhielten sich, lachten, knufften sich und hielten gleichen Schritt mit ihm. Manche starrten den Mann an, bis er verlegen wurde und wieder geradeaus guckte.

Sssst!, pfiff ein Ball dicht an seinem Kopf vorbei. Er zuckte zusammen und beschleunigte seinen Gang. Doch nun liefen die Jungen ebenfalls rascher. Er wollte geschwind in eine Seitenstraße abbiegen. Doch da kam auch schon ein Kindertrupp dahergestürmt.

»Mensch, der hat ein Gesicht, als wollte er dauernd niesen«, rief Gustav.

»Lauf ein bisschen vor mir«, riet Emil, »mich braucht er jetzt noch nicht zu erkennen. Das erlebt er noch früh genug.« Gustav machte breite Schultern und stieg vor Emil her wie ein Boxkämpfer, der vor Kraft nicht laufen kann. Pony Hütchen fuhr neben dem Umzuge und klingelte vergnügt.

Der Mann im steifen Hut wurde sichtlich nervös. Er ahnte dunkel, was ihm bevorstünde, und stiefelte mit Riesenschritten. Aber es war umsonst. Er entging seinen Feinden nicht.

Plötzlich blieb er wie angenagelt stehen, drehte sich um und lief die Straße, die er gekommen war, wieder zurück. Da machten auch sämtliche Kinder kehrt; und nun ging's in umgekehrter Marschordnung weiter.

Da lief ein Junge – es war Krummbiegel – dem Mann in die Quere, dass er stolperte.

»Was fällt dir ein, du Lausejunge?«, schrie er. »Ich werde gleich einen Polizisten rufen!«

»Ach ja, bitte, tun Sie das mal!«, rief Krummbiegel. »Darauf lauern wir schon lange. Na, so rufen Sie ihn doch!«

Herr Grundeis dachte nicht daran zu rufen, im Gegenteil. Ihm wurde die Geschichte immer unheimlicher. Er bekam förmlich Angst und wusste nicht mehr, wohin. Schon sahen Leute aus allen Fenstern. Schon rannten die Ladenfräuleins mit ihren Kunden vor die Geschäfte und fragten, was los wäre. Wenn jetzt ein Polizist kam, war's aus.

Da hatte der Dieb einen Einfall. Er erblickte eine Filiale der Commerz- und Privatbank. Er durchbrach die Kette der Kinder, eilte auf die Tür zu und verschwand.

Der Professor sprang vor die Tür und brüllte: »Gustav und ich gehen hinterher! Emil bleibt vorläufig noch hier, bis es so weit ist! Wenn Gustav hupt, kann's losgehen! Dann kommt Emil mit zehn Jungen hinein. Such dir inzwischen die richtigen aus, Emil. Es wird eine kitzliche Sache!«

Dann verschwanden auch Gustav und der Professor hinter der Tür.

Emil summten vor Herzklopfen die Ohren. Jetzt musste sich's entscheiden! Er rief Krummbiegel, Gerold, die Brüder Mittenzwey und noch ein paar andre zu sich und ordnete an, dass die Übrigen, der große Trupp, sich zerstreuten.

Die Kinder gingen ein paar Schritte von dem Bankgebäude fort, aber nicht weit. Was nun geschah, konnten sie sich unter keinen Umständen entgehen lassen.

Pony Hütchen bat einen Knaben, ihr Rad zu halten, und trat zu Emil.

»Da bin ich«, sagte sie. »Kopf hoch. Jetzt wird's ernst. O Gott, o Gott, ich bin gespannt. Wie ein Regenschirm.«

»Denkst du etwa, ich nicht?«, fragte Emil.

Vierzehntes Kapitel
STECKNADELN HABEN AUCH IHR GUTES

Als Gustav und der Professor die Bank betraten, stand der Mann im steifen Hut bereits an einem Schalter, an dem ein Schild mit der Aufschrift »Ein- und Auszahlungen« hing, und wartete ungeduldig, dass er an die Reihe käme. Der Bankbeamte telefonierte.

Der Professor stellte sich neben den Dieb und passte wie ein Schießhund auf. Gustav blieb hinter dem Mann stehen und hielt die Hand, zum Hupen fertig, in der Hosentasche.

Dann kam der Kassierer an den Schalter und fragte den Professor, was er wolle.

»Bitte sehr«, sagte der, »der Herr war vor mir da.«

»Sie wünschen?«, fragte der Kassierer nun Herrn Grundeis.

»Wollen Sie mir, bitteschön, einen Hundertmarkschein in zwei Fünfziger umtauschen und für vierzig Mark Silber geben?«, fragte dieser, griff sich in die Tasche und legte einen Hundertmarkschein und zwei Zwanzigmarkscheine auf den Tisch.

Der Kassierer nahm die drei Scheine und ging damit zum Geldschrank.

»Einen Moment!«, rief da der Professor laut. »Das Geld ist gestohlen!«

»Waaas?«, fragte der Bankbeamte erschrocken, drehte sich um; seine Kollegen, die in den anderen Abteilungen saßen und kopfrechneten, hörten auf zu arbeiten und fuhren hoch, als hätte sie eine Schlange gebissen.

»Das Geld gehört gar nicht dem Herrn. Er hat es einem Freund von mir gestohlen und will es nur umtauschen, damit man ihm nichts nachweisen kann«, erklärte der Professor.

»So was von Frechheit ist mir in meinem ganzen Leben noch nicht vorgekommen«, sagte Herr Grundeis, fuhr, zum Kassierer gewandt, fort: »Entschuldigen Sie!«, und gab dem Professor eine schallende Ohrfeige.

»Dadurch wird die Sache auch nicht anders«, meinte der Professor und landete bei Grundeis einen Magenstoß, dass der Mann sich am Tisch festhalten musste. Und jetzt hupte Gustav dreimal entsetzlich laut. Die Bankbeamten sprangen auf und liefen neugierig nach dem Kassenschalter.

Der Herr Depositenkassenvorsteher stürzte zornig aus seinem Zimmer.

Und – durch die Tür kamen zehn Jungen gerannt, Emil

allen voran, und umringten den Mann mit dem steifen Hut.

»Was, zum Donnerkiel, ist denn mit den Bengels los?«, schrie der Vorsteher.

»Die Lausejungen behaupten, ich hätte einem von ihnen das Geld gestohlen, das ich eben Ihrem Kassierer zum Wechseln einzahlte«, erzählte Herr Grundeis und zitterte vor Ärger.

»So ist es auch!«, rief Emil und sprang an den Schalter. »Einen Hundertmarkschein und zwei Zwanzigmarkscheine hat er mir gestohlen. Gestern Nachmittag. Im Zug, der von Neustadt nach Berlin fuhr! Während ich schlief.«

»Ja, kannst du das denn auch beweisen?«, fragte der Kassierer streng.

»Ich bin seit einer Woche in Berlin und war gestern von früh bis abends in der Stadt«, sagte der Dieb und lächelte höflich.

»So ein verdammter Lügner!«, schrie Emil und weinte fast vor Wut.

»Kannst du denn nachweisen, dass dieser Herr hier der Mann ist, mit dem du im Zuge saßt?«, fragte der Vorsteher.

»Das kann er natürlich nicht«, meinte der Dieb nachlässig.

»Denn wenn du allein mit ihm im Zug gesessen haben willst, hast du doch keinen einzigen Zeugen«, bemerkte einer der Angestellten. Und Emils Kameraden machten betroffene Gesichter.

»Doch!«, rief Emil. »Doch! Ich hab doch einen Zeugen! Er heißt Frau Jakob aus Groß-Grünau. Sie saß erst mit im Coupé. Und stieg später aus. Und sie trug mir auf, Herrn Kurzhals in Neustadt herzlich von ihr zu grüßen!«

»Es scheint, Sie werden ein Alibi erbringen müssen«, sagte der Depositenkassenvorsteher zu dem Dieb. »Können Sie das?«

»Selbstverständlich«, erklärte der. »Ich wohne drüben im Hotel Kreid ...«

»Aber erst seit gestern Abend«, rief Gustav. »Ich hab mich dort als Liftboy eingeschlichen und weiß Bescheid, Mensch!«

Die Bankbeamten lächelten ein wenig und gewannen an den Jungen Interesse.

»Wir werden das Geld am besten vorläufig hier behalten, Herr ...«, sagte der Vorsteher und riss sich von einem Block einen Zettel ab, um Namen und Adresse zu notieren.

»Grundeis heißt er!«, rief Emil.

Der Mann im steifen Hut lachte laut und sagte: »Da

sehen Sie, dass es sich um eine Verwechslung handeln muss. Ich heiße Müller.«

»Oh, wie gemein er lügt! Mir hat er im Zug erzählt, dass er Grundeis heißt«, schrie Emil wütend.

»Haben Sie Ausweispapiere?«, fragte der Kassierer.

»Leider nicht bei mir«, sagte der Dieb. »Aber wenn Sie einen Augenblick warten wollen, so hole ich sie aus dem Hotel herüber.«

»Der Kerl lügt fortwährend! Und es ist mein Geld. Und ich muss es wiederhaben«, rief Emil.

»Ja, sogar wenn's wahr wäre, mein Junge«, erklärte der Kassierer, »so einfach geht das nicht! Wie kannst du denn beweisen, dass es dein Geld ist? Steht vielleicht dein Name drauf? Oder hast du dir etwa die Nummern gemerkt?«

»Natürlich nicht«, sagte Emil. »Denkt man denn, dass man beklaut wird? Aber es ist trotzdem mein Geld, hören Sie? Und meine Mutter hat es mir für die Großmutter, die hier in der Schumannstraße 15 wohnt, mitgegeben.«

»War an einem der Scheine eine Ecke abgerissen oder war sonst etwas nicht in Ordnung?«

»Nein, ich weiß nicht.«

»Also, meine Herren, ich erkläre Ihnen, auf Ehrenwort: Das Geld gehört wirklich mir. Ich werde doch nicht kleine Kinder ausrauben!«, behauptete der Dieb.

»Halt!«, schrie Emil plötzlich und sprang in die Luft, so leicht war ihm mit einem Male geworden. »Halt! Ich habe mir im Zug das Geld mit einer Stecknadel ins Jackett gesteckt. Und deshalb müssen Nadelstiche in den drei Scheinen zu sehen sein!«

Der Kassierer hielt das Geld gegen das Licht. Den anderen stockte der Atem.

Der Dieb trat einen Schritt zurück. Der Bankvorsteher trommelte nervös auf dem Tisch herum.

»Der Junge hat Recht«, schrie der Kassierer, blass vor Erregung. »In den Scheinen sind tatsächlich Nadelstiche!«

»Und hier ist die Nadel dazu«, sagte Emil und legte die Stecknadel stolz auf den Tisch. »Gestochen hab ich mich auch.«

Da drehte sich der Dieb blitzschnell um, stieß die Jungen links und rechts zur Seite, dass sie hinfielen, rannte durch den Raum, riss die Tür auf und war weg.

»Ihm nach!«, schrie der Bankvorsteher.

Alles lief nach der Tür.

Als man auf die Straße kam, war der Dieb schon von mindestens zwanzig Jungen umklammert. Sie hielten ihn an den Beinen. Sie hingen an seinen Armen. Sie zerrten an seinem Jackett. Er ruderte wie verrückt. Aber die Jungen ließen nicht locker.

Der Schutzmann, der Bankbeamte, der Dieb in der Mitte, und hinterher
neunzig bis hundert Kinder!

Und dann kam auch schon ein Schupo im Dauerlauf daher, den Pony Hütchen mit ihrem kleinen Rade geholt hatte. Und der Bankvorsteher forderte ihn ernst auf, den Mann, der sowohl Grundeis wie auch Müller hieße, festzunehmen. Denn er sei, wahrscheinlich, ein Eisenbahndieb.

Der Kassierer nahm sich Urlaub, holte das Geld und die Stecknadel und ging mit. Na, es war ein toller Aufzug! Der Schutzmann, der Bankbeamte, der Dieb in der Mitte, und hinterher neunzig bis hundert Kinder! So zogen sie zur Wache.

Pony Hütchen fuhr auf ihrem kleinen vernickelten Fahrrade nebenher, nickte dem glücklichen Vetter Emil zu und rief: »Emil, mein Junge! Ich fahre rasch nach Hause und erzähle dort das ganze Theater.«

Der Junge nickte zurück und sagte: »Zum Mittagessen bin ich zu Hause! Grüße schön!«

Pony Hütchen rief noch: »Wisst ihr, wie ihr ausseht? Wie ein großer Schulausflug!« Dann bog sie, heftig klingelnd, um die Ecke.

Fünfzehntes Kapitel
EMIL BESUCHT DAS POLIZEIPRÄSIDIUM

Der Zug marschierte zur nächsten Polizeiwache. Der Schupo meldete einem Wachtmeister, was geschehen sei. Emil ergänzte den Bericht. Dann musste er sagen, wann und wo er geboren wurde, wie er heiße und wo er wohne. Und der Wachtmeister schrieb alles auf. Mit Tinte.

»Und wie heißen Sie?«, fragte er den Dieb.

»Herbert Kießling«, sagte der Kerl.

Da mussten die Jungen – Emil, Gustav und der Professor – laut lachen. Und der Bankbeamte, der dem Wachtmeister die hundertvierzig Mark übergeben hatte, schloss sich ihnen an.

»Mensch, so eine Rübe!«, rief Gustav. »Erst hieß er Grundeis. Dann hieß er Müller. Jetzt heißt er Kießling! Nun bin ich ja bloß gespannt, wie er in Wirklichkeit heißt!«

»Ruhe!«, knurrte der Wachtmeister. »Das kriegen wir auch noch raus.«

Herr Grundeis-Müller-Kießling nannte daraufhin seine augenblickliche Adresse, das Hotel Kreid. Dann den

Geburtstag und seine Heimat, Ausweispapiere habe er keine.

»Und wo waren Sie bis gestern?«, fragte der Wachtmeister.

»In Groß-Grünau«, erklärte der Dieb.

»Das ist bestimmt schon wieder gelogen«, rief der Professor.

»Ruhe!«, knurrte der Wachtmeister. »Das kriegen wir auch noch raus.«

Der Bankbeamte erkundigte sich, ob er gehen dürfe. Dann wurden noch seine Personalien notiert. Er klopfte Emil freundlich auf die Schulter und verschwand.

»Haben Sie gestern Nachmittag dem Realschüler Emil Tischbein aus Neustadt im Berliner Zuge hundertvierzig Mark gestohlen, Kießling?«, fragte der Wachtmeister.

»Jawohl«, sagte der Dieb düster. »Ich weiß auch nicht, das kam ganz plötzlich. Der Junge lag in der Ecke und schlief. Und da fiel ihm das Kuvert heraus. Und da hob ich es auf und wollte bloß mal nachsehen, was drin wäre. Und weil ich grade kein Geld hatte ...«

»So ein Schwindler!«, rief Emil. »Ich hatte das Geld in der Jackentasche festgesteckt. Es konnte gar nicht herausfallen!«

»Und so nötig hat er's bestimmt nicht gebraucht. Sonst hätte er Emils Geld nicht vollzählig in der Tasche gehabt.

Er hat doch unterdessen Auto und Eier im Glas und Bier bezahlen müssen«, bemerkte der Professor.

»Ruhe!«, knurrte der Wachtmeister. »Das kriegen wir auch noch raus.«

Und er notierte alles, was erzählt wurde.

»Könnten Sie mich vielleicht auf freien Fuß setzen, Herr Wachtmeister?«, fragte der Dieb und schielte vor lauter Höflichkeit. »Ich hab ja den Diebstahl zugegeben. Und wo ich wohne, wissen Sie auch. Ich habe geschäftlich in Berlin zu tun und möchte ein paar Gänge erledigen.«

»Dass ich nicht lache!«, sagte der Wachtmeister ernst und rief das Polizeipräsidium an: Es solle einen Wagen schicken; in seinem Revier sei ein Eisenbahndieb gefasst worden.

»Wann kriege ich denn mein Geld?«, fragte Emil besorgt.

»Im Polizeipräsidium«, sagte der Wachtmeister. »Ihr fahrt jetzt gleich hinüber. Und dort wird sich alles finden.«

»Emil, Mensch!«, flüsterte Gustav. »Nun musst du in der grünen Minna zum Alex!«

»Quatsch!«, sagte der Wachtmeister. »Hast du Geld, Tischbein?«

»Jawohl!«, erklärte Emil. »Die Jungen haben gestern

gesammelt. Und der Portier aus dem Hotel Kreid hat mir zehn Mark geborgt.«

»Die reinsten Detektive! Ihr verfluchten Kerle!«, knurrte der Wachtmeister. Doch das Knurren klang sehr gutmütig.

»Also, Tischbein, du fährst mit der Untergrundbahn zum Alexanderplatz und meldest dich bei Kriminalwachtmeister Lurje. Das Weitere wirst du dann schon merken. Auch dein Geld kriegst du dort wieder.«

»Darf ich erst dem Portier die zehn Mark zurückbringen?«, erkundigte sich Emil.

»Natürlich.«

Wenige Minuten später kam das Kriminalauto. Und Herr Grundeis-Müller-Kießling musste einsteigen. Der Wachtmeister gab einem Schupo, der im Wagen saß, den schriftlichen Bericht und die hundertvierzig Mark. Die Stecknadel auch. Und dann gondelte die grüne Minna fort. Die Kinder, die auf der Straße standen, schrien hinter dem Dieb her. Aber der rührte sich nicht. Wahrscheinlich war er zu stolz, weil er in einem Privatauto fahren durfte.

Emil gab dem Wachtmeister die Hand und bedankte sich. Dann teilte der Professor den Kindern, die vor der Wache gewartet hatten, mit, das Geld erhalte Emil am Alex und die Jagd wäre erledigt. Da zogen die Kinder, in großen Trupps, wieder heim. Nur die engeren Bekannten brachten Emil zum Hotel und zum Bahnhof Nollendorfplatz. Und er bat sie, nachmittags den kleinen Dienstag anzurufen. Der würde dann wissen, wie alles verlaufen wäre. Und er hoffe sehr, sie noch einmal zu sehen, ehe er nach Neustadt zurückführe. Und er danke ihnen schon jetzt von ganzem Herzen für ihre Hilfe. Und das Geld bekämen sie auch wieder.

»Wenn du es wagst, uns das Geld wiederzugeben, kriegst du den Buckel voll, Mensch!«, rief Gustav. »Übrigens müssen wir auch noch boxen. Wegen deines drolligen Anzugs.«

»Ach, Mensch!«, sagte Emil und fasste Gustav und den Professor an den Händen. »Ich bin so guter Laune! Das Boxen lassen wir am besten sein. Ich brächte es vor lauter Rührung nicht übers Herz, dich für die Zeit zu Boden zu schicken.«

»Das würde dir auch nicht gelingen, wenn du schlechter Laune wärst, du Lümmel!«, rief Gustav.

Und dann fuhren die drei zum Alexanderplatz ins Polizeipräsidium, mussten durch viele Korridore laufen und an unzähligen Zimmern vorbei. Und schließlich fanden sie den Kriminalwachtmeister Lurje. Der frühstückte gerade. Emil meldete sich.

»Aha!«, sagte Herr Lurje und kaute. »Emil Stuhlbein.

Jugendlicher Amateurdetektiv. Telefonisch schon gemeldet. Der Kriminalkommissar wartet. Will sich mit dir unterhalten. Komm mal mit!«

»Tischbein heiß ich«, korrigierte Emil.

»Jacke wie Hose«, sagte Herr Lurje und biss von neuem in die Stulle.

»Wir warten hier auf dich«, meinte der Professor. Und Gustav rief Emil nach: »Mach schnell, Mensch! Wenn ich wen kauen sehe, kriege ich immer gleich Hunger!«

Herr Lurje spazierte durch mehrere Gänge, links, rechts, wieder links. Dann klopfte er an eine Tür. Eine Stimme rief: »Herein!« Lurje öffnete die Tür ein wenig und sagte kauend: »Der kleine Detektiv ist da, Herr Kommissar. Emil Fischbein, Sie wissen schon.«

»Tischbein heiß ich«, erklärte Emil nachdrücklich.

»Auch 'n ganz hübscher Name«, sagte Herr Lurje und gab Emil einen Stoß, dass er in das Zimmer purzelte.

Der Kriminalkommissar war ein netter Herr. Emil musste sich in einen bequemen Sessel setzen und die Diebsgeschichte haarklein und von Anfang an erzählen. Zum Schluss sagte der Kommissar feierlich: »So, und nun bekommst du auch dein Geld wieder.«

»Gott sei getrommelt!« Emil atmete befreit auf und steckte das Geld ein. Und zwar besonders vorsichtig.

»Lass dir's aber nicht wieder klauen!«

»Nein! Ausgeschlossen! Ich bring's gleich zur Groß-mutter!«

»Richtig! Bald hätte ich's vergessen. Du musst mir deine Berliner Adresse geben. Bleibst du noch ein paar Tage hier?«

»Ich möchte schon«, sagte Emil. »Ich wohne Schu-mannstraße 15. Bei Heimbold. So heißt mein Onkel. Die Tante übrigens auch.«

»Wunderbar habt ihr das gemacht, ihr Jungen«, meinte der Kommissar und steckte sich eine dicke Zigarre an.

»Die Kerls haben glänzend funktioniert, wirklich wahr!«, rief Emil begeistert. »Dieser Gustav mit seiner Hupe, und der Professor, und der kleine Dienstag, und Krummbiegel und die Gebrüder Mittenzwey, überhaupt alle. Es war direkt ein Vergnügen, mit ihnen zu arbeiten. Vor allem der Professor, das ist ein Aas!«

»Na ja, du bist auch nicht grade aus Pfefferkuchen!«, meinte der Herr und qualmte.

»Was ich noch fragen wollte, Herr Kommissar – was wird denn nun aus dem Grundeis oder wie mein Dieb sonst heißt?«

»Den haben wir zum Erkennungsdienst gebracht. Dort wird er photographiert. Und seine Fingerabdrücke wer-den genommen. Und nachher vergleichen wir sein Bild und die Abdrücke mit den Photos in unsrer Kartothek.«

»Was ist denn das?«

»Da haben wir alle schon einmal bestraften Verbrecher abgebildet. Und dann haben wir auch Abdrücke, Fußspuren und Ähnliches von solchen Verbrechern, die man noch nicht erwischt hat und die man sucht. Denn es wäre ja möglich, dass der Mann, der dich bestohlen hat, auch noch andere Diebstähle und Einbrüche ausführte, ehe er dich um dein Geld brachte. Nicht wahr?«

»Das stimmt. Daran habe ich noch gar nicht gedacht!«

»Moment«, sagte der nette Kommissar. Denn das Telefon läutete. »Jawohl ... interessante Sache für Sie ... kommen Sie doch mal in mein Zimmer ...«, sprach er in den Apparat. Dann hängte er ab und sagte: »Jetzt werden gleich ein paar Herren von der Zeitung erscheinen und dich interviewen.«

»Was ist denn das?«, fragte Emil.

»Interviewen heißt ausfragen.«

»Nicht möglich!«, rief Emil. »Da komme ich sogar noch in die Zeitung?«

»Wahrscheinlich«, sagte der Kommissar. »Wenn ein Realschüler einen Dieb fängt, wird er eben berühmt.«

Dann klopfte es. Und vier Herren traten ins Zimmer. Der Kommissar gab ihnen die Hand und erzählte kurz Emils Erlebnisse. Die vier Herren schrieben fleißig nach.

»Wunderbar!«, sagte zum Schluss einer der Reporter. »Der Knabe vom Lande als Detektiv.«

»Vielleicht engagieren Sie ihn für den Außendienst?«, riet ein anderer und lachte.

»Warum bist du denn nicht sofort zu einem Schupo gegangen und hast ihm alles gesagt?«, fragte ein dritter.

Emil bekam es mit der Angst. Er dachte an Wachtmeister Jeschke in Neustadt und an den Traum. Jetzt ging's ihm an den Kragen.

»Na?«, ermunterte ihn der Kommissar.

Emil zuckte mit den Achseln und sagte: »Also schön! Weil ich in Neustadt dem Denkmal von Großherzog Karl eine rote Nase und einen Schnurrbart angemalt habe. Bitte, verhaften Sie mich, Herr Kommissar!«

Da lachten die fünf Männer, anstatt entsetzte Gesichter zu ziehen. Und der Kommissar rief: »Aber Emil, wir werden doch nicht einen unsrer besten Detektive ins Gefängnis sperren!«

»Nein? Wirklich nicht? Na, da bin ich aber froh«, sagte der Junge erleichtert.

Dann ging er auf einen der Reporter zu und fragte: »Kennen Sie mich denn nicht mehr?«

»Nein«, sagte der Herr.

»Sie haben mir doch gestern auf der Linie 177 das Straßenbahnbillett bezahlt, weil ich kein Geld hatte.«

»Richtig!«, rief der Herr. »Jetzt entsinne ich mich. Du wolltest noch meine Adresse wissen, um mir den Groschen wiederzubringen.«

»Wollen Sie ihn jetzt haben?«, fragte Emil und suchte zehn Pfennig aus der Hosentasche heraus.

»Aber Unsinn«, meinte der Herr. »Du stelltest dich doch sogar vor.«

»Freilich«, erklärte der Junge. »Das tue ich oft. Emil Tischbein ist mein Name.«

»Ich heiße Kästner«, sagte der Journalist, und sie gaben sich die Hand.

»Großartig!«, rief der Kommissar. »Alte Bekannte!«

»Hör mal, Emil«, sagte Herr Kästner, »kommst du ein bisschen zu mir auf die Redaktion? Vorher essen wir irgendwo Kuchen mit Schlagsahne.«

»Darf ich Sie einladen?«, fragte Emil.

»So ein ehrgeiziger Bengel!« Die Herren lachten vor Vergnügen.

»Nein, bezahlen musst du mich lassen«, sagte Herr Kästner.

»Sehr gern«, meinte Emil. »Aber der Professor und Gustav warten draußen auf mich.«

»Die nehmen wir selbstverständlich mit«, erklärte Herr Kästner.

Die andern Journalisten hatten noch allerlei zu fragen.

Die Journalisten hatten noch allerlei zu fragen.

Emil gab ihnen genaue Auskunft. Und sie machten sich wieder Notizen.

»Ist der Dieb eigentlich ein Neuling?«, fragte einer von ihnen.

»Ich glaube es nicht«, antwortete der Kommissar. »Vielleicht erleben wir sogar noch eine große Überraschung. Rufen Sie mich auf alle Fälle in einer Stunde noch einmal an, meine Herren.«

Dann verabschiedete man sich. Und Emil ging mit Herrn Kästner zu Kriminalwachtmeister Lurje zurück. Der kaute noch immer und sagte: »Aha, der kleine Überbein!«

»Tischbein«, sagte Emil.

Dann verfrachtete Herr Kästner Emil, Gustav und den Professor in einem Auto und fuhr mit ihnen erst mal in eine Konditorei. Unterwegs hupte Gustav. Und sie freuten sich, als Herr Kästner erschrak. In der Konditorei waren die Jungen sehr fidel. Sie aßen Kirschtorte mit viel Schlagsahne und erzählten, was ihnen gerade einfiel: von dem Kriegsrat am Nikolsburger Platz, von der Autojagd, von der Nacht im Hotel, von Gustav als Liftboy, von dem Skandal in der Bank. Und Herr Kästner sagte zum Schluss: »Ihr seid wirklich drei Prachtkerle.«

Und da wurden sie sehr stolz auf sich selber und aßen noch ein Stück Torte.

Nachher stiegen Gustav und der Professor auf einen Autobus. Emil versprach, am Nachmittag den kleinen Dienstag anzurufen, und fuhr mit Herrn Kästner in die Redaktion.

Das Zeitungsgebäude war riesengroß. Fast so groß wie das Polizeipräsidium am Alex. Und auf den Korridoren war ein Gerenne und Gesause, als sei ein Hindernislauf im Gange.

Sie kamen in ein Zimmer, in dem ein hübsches blondes Fräulein saß. Und Herr Kästner lief im Zimmer auf und ab und diktierte das, was Emil erzählt hatte, dem Fräulein in die Schreibmaschine. Manchmal blieb er stehen, fragte Emil: »Stimmt's?« Und wenn Emil genickt hatte, diktierte Herr Kästner weiter.

Dann rief dieser noch einmal den Kriminalkommissar an.

»Was sagen Sie?«, rief Herr Kästner. »Na, das ist ja toll ... Ich soll's ihm noch nicht erzählen? ... Sooo, auch noch? ... Das freut mich ungemein ... Haben Sie vielen Dank! ... Das wird eine glänzende Sensation ...«

Er hängte ab, betrachtete den Jungen, als ob er ihn noch gar nicht gesehen hätte, und sagte: »Emil, komm mal rasch mit! Wir müssen dich photographieren lassen!«

»Nanu«, meinte Emil erstaunt. Aber er ließ sich alles gefallen, fuhr mit Herrn Kästner drei Etagen höher, in einen hellen Saal mit vielen Fenstern, er kämmte sich erst die Haare, und dann wurde er photographiert.

Anschließend ging Herr Kästner mit ihm in die Setzerei – das war ein Geklapper, wie von tausend Schreibmaschinen! –, gab einem Mann die Seiten, die das hübsche blonde Fräulein getippt hatte, und sagte, er käme sofort wieder herauf, denn es wäre was sehr Wichtiges, und er müsse nur erst den Jungen zu seiner Großmutter schicken.

Dann fuhren sie mit dem Fahrstuhl ins Erdgeschoss und traten vor den Verlag. Herr Kästner winkte ein Auto heran, setzte Emil hinein, gab dem Chauffeur Geld, obwohl der Junge es nicht erlauben wollte, und sagte: »Fahren Sie meinen kleinen Freund in die Schumannstraße Nummer 15.«

Sie schüttelten sich herzlich die Hände. Und Herr Kästner meinte: »Grüße deine Mutter, wenn du nach Hause kommst. Es muss eine sehr liebe Frau sein.«

»Und ob«, sagte Emil.

»Und noch eins«, rief Herr Kästner, als das Auto schon fuhr, »lies heute Nachmittag die Zeitung! Du wirst dich wundern, mein Junge!«

Emil drehte sich um und winkte. Und Herr Kästner winkte auch.

Dann sauste das Auto um eine Ecke.

Sechzehntes Kapitel
DER KRIMINALKOMMISSAR LÄSST GRÜSSEN

Das Automobil war schon Unter den Linden. Da klopfte Emil dreimal an die Scheibe. Der Wagen hielt. Und der Junge fragte: »Wir sind wohl schon bald da, Herr Chauffeur?«

»Jawoll«, sagte der Mann.

»Es tut mir Leid, dass ich Ihnen Ungelegenheiten mache«, meinte Emil. »Aber ich muss vorher erst noch nach der Kaiserallee. Ins Café Josty. Dort liegt nämlich ein Blumenstrauß für meine Großmutter. Der Koffer auch. Würden Sie so freundlich sein?«

»Was heißt da freundlich? Hast du denn Geld, wenn das, was ich schon habe, nicht reicht?«

»Ich hab Geld, Herr Chauffeur. Und ich muss die Blumen haben.«

»Na schön«, sagte der Mann, bog links ab, fuhr durchs Brandenburger Tor, den grünen schattigen Tiergarten lang, nach dem Nollendorfplatz. Emil fand, der sähe jetzt, da nun alles gut war, viel harmloser und gemütlicher aus. Aber er griff sich doch vorsichtshalber in die Brusttasche.

Das Geld war noch vorhanden. Dann fuhren sie die Motz-straße hinauf, bis zum anderen Ende, bogen rechts ein und hielten vor dem Café Josty.

Emil stieg aus, begab sich zum Büfett, bat das Fräulein, sie möge ihm, bitte, Koffer und Blumen aushändigen, erhielt die Sachen, bedankte sich, kletterte wieder ins Auto und sagte: »So, Herr Chauffeur, und nun zur Groß-mutter!«

Sie kehrten um, fuhren den weiten Weg zurück, über die Spree, durch ganz alte Straßen mit grauen Häusern. Der Junge hätte sich gern die Gegend näher betrachtet. Aber es war wie verhext. Dauernd fiel der Koffer um. Und blieb er mal paar Minuten stehen, so kroch bestimmt der Wind in das weiße Blumenpapier, dass es raschelte und riss. Und Emil musste aufpassen, dass ihm der Strauß nicht einfach fortflog.

Da bremste der Chauffeur. Das Auto hielt. Es war Schumannstraße 15.

»Na, da wären wir ja«, sagte Emil und stieg aus. »Be-kommen Sie noch Geld von mir?«

»Nein. Sondern du kriegst noch dreißig Pfennige raus.«

»I wo!«, rief Emil. »Davon kaufen Sie sich ein paar Zigarren!«

»Ich prieme, mein Junge«, sagte der Chauffeur und fuhr weiter.

Nun stieg Emil in die dritte Etage und klingelte bei Heimbolds. Es entstand großes Geschrei hinter der Tür. Dann wurde geöffnet. Und die Großmutter stand da, kriegte Emil beim Wickel, gab ihm gleichzeitig einen Kuss auf die linke Backe und einen Klaps auf die rechte, schleppte ihn an den Haaren in die Wohnung und rief: »O du verflixter Halunke, o du verflixter Halunke!«

»Schöne Sachen hört man ja von dir«, sagte Tante Martha freundlich und gab ihm die Hand. Und Pony Hütchen hielt ihm den Ellbogen hin, trug eine Schürze von ihrer Mutter und quiekte: »Vorsicht! Ich habe nasse Hände. Ich wasche nämlich Geschirr ab. Wir armen Frauen!«

Nun gingen sie allesamt in die Stube. Emil musste sich aufs Sofa setzen. Großmutter und Tante Martha betrachteten ihn, als wäre er ein sehr teures Bild von Tizian.

»Hast du die Pinke?«, fragte Pony Hütchen.

»Klar!«, meinte Emil, holte die drei Scheine aus der Tasche, gab hundertzwanzig Mark der Großmutter und sagte: »Hier, Großmutter, das ist das Geld. Und Mutter lässt herzlich grüßen. Und du sollst nicht böse sein, dass sie in den letzten Monaten nichts geschickt hat. Aber das Geschäft ginge nicht besonders. Und dafür wäre es diesmal mehr als sonst.«

»Ich danke dir schön, mein gutes Kind«, antwortete die alte Frau, gab ihm den Zwanzigmarkschein zurück und sagte: »Der ist für dich! Weil du so ein tüchtiger Detektiv bist.«

»Nein, das nehme ich nicht. Ich habe ja von Mutter noch zwanzig Mark in der Tasche.«

»Emil, man muss seiner Großmutter folgen. Marsch, steck es ein!«

»Nein, ich nehme es nicht.«

»Menschenskind!«, rief Pony Hütchen. »Das ließe ich mir nicht zweimal sagen!«

»Ach nein, ich möchte nicht.«

»Entweder du nimmst es, oder ich kriege vor Wut Rheumatismus«, erklärte die Großmutter.

»Schnell, steck das Geld weg!«, sagte Tante Martha und schob ihm den Schein in die Tasche.

»Ja, wenn ihr durchaus wollt«, jammerte Emil. »Ich danke auch schön, Großmutter.«

»Ich habe zu danken, ich habe zu danken«, entgegnete sie und strich Emil übers Haar.

Dann überreichte Emil den Blumenstrauß. Pony schleppte eine Vase heran. Aber als man die Blumen ausgewickelt hatte, wusste man nicht, ob man lachen oder weinen sollte.

»Das reinste Dörrgemüse«, sagte Pony.

»Sie haben seit gestern Nachmittag kein Wasser mehr gehabt«, erklärte Emil traurig. »Das ist ja kein Wunder.

Als Mutter und ich sie gestern bei Stamnitzens kauften, waren sie noch ganz frisch.«

»Glaube ich, glaube ich«, meinte die Großmutter und stellte die verwelkten Blumen ins Wasser.

»Vielleicht werden sie wieder«, tröstete Tante Martha. »So, und nun wollen wir zu Mittag essen. Der Onkel kommt erst zum Abend heim. Pony, deck den Tisch!«

»Jawohl«, sagte das kleine Mädchen. »Emil, was gibt's?«

»Keine Ahnung.«

»Was isst du am liebsten?«

»Makkaroni mit Schinken.«

»Na also. Da weißt du ja, was es gibt!«

Eigentlich hatte Emil ja schon am Tage vorher Makkaroni mit Schinken gegessen. Aber erstens verträgt man sein Lieblingsessen fast alle Tage. Und zweitens kam es Emil so vor, als wäre seit dem letzten Mittag, in Neustadt bei der Mutter, mindestens eine Woche vergangen. Und er hieb auf die Makkaroni los, als wäre er Herr Grundeis-Müller-Kießling.

Nach dem Essen liefen Emil und Hütchen ein bisschen auf die Straße, weil der Junge Ponys kleines vernickeltes Rad probieren wollte. Großmutter legte sich aufs Sofa. Und Tante Martha buk einen Apfelkuchen im Ofen. Ihr Apfelkuchen war in der ganzen Familie berühmt.

Emil radelte durch die Schumannstraße. Und Hütchen rannte hinter ihm her, hielt den Sattel fest und behauptete, das sei nötig, sonst fliege der Vetter hin. Dann musste er absteigen, und sie fuhr ihm Kreise und Dreien und Achten vor.

Da kam ein Polizist auf sie zu, der eine Mappe trug, und fragte: »Kinder, hier in Nummer 15 wohnen doch Heimbolds?«

»Jawohl«, sagte Pony, »das sind wir. Einen Moment, Herr Major.« Sie schloss ihr Rad in den Keller.

»Ist es was Schlimmes?«, erkundigte sich Emil. Er musste noch immer an den verflixten Jeschke denken.

»Ganz im Gegenteil. Bist du der Schüler Emil Tischbein?«

»Jawohl.«

»Na, da kannst du dir aber wirklich gratulieren!«

»Wer hat Geburtstag?«, fragte Pony, die dazukam.

Aber der Wachtmeister erzählte nichts, sondern stieg schon die Treppe hoch. Tante Martha führte ihn in die Stube. Die Großmutter erwachte, setzte sich auf und war neugierig. Emil und Hütchen standen am Tisch und spannten.

»Die Sache ist die«, sagte der Wachtmeister und schloss dabei die Aktentasche auf. »Der Dieb, den der Realschüler Emil Tischbein heute früh hat festnehmen lassen, ist mit einem seit vier Wochen gesuchten Bankräuber aus Hannover identisch. Dieser Räuber hat eine große Menge Geld gestohlen. Und unser Erkennungsdienst hat ihn überführt. Er hat auch schon ein Geständnis abgelegt. Das meiste Geld hat man, in seinem Anzugfutter eingenäht, wieder gefunden. Lauter Tausendmarkscheine.«

»Du kriegst die Motten«, sagte Pony Hütchen.

»Die Bank«, fuhr der Polizist fort, »hat nun vor vierzehn Tagen eine Prämie ausgesetzt, die der erhalten soll, der den Kerl erwischt. Und weil du«, wandte er sich an Emil, »den Mann eingefangen hast, kriegst du die Prämie. Der Herr Kriminalkommissar lässt dich grüßen und freut sich, dass auf diese Weise deine Tüchtigkeit belohnt wird.«

Emil machte eine Verbeugung.

Dann nahm der Beamte ein Bündel Geldscheine aus seiner Mappe, zählte sie auf den Tisch, und Tante Martha, die genau aufpasste, flüsterte, als er fertig war: »Tausend Mark!«

»Ei Potz!«, rief Pony. »Nun haut's dreizehn!«

Großmutter unterschrieb eine Quittung. Dann ging der Wachtmeister. Und Tante Martha gab ihm vorher ein großes Glas Kirschwasser aus Onkels Schrank.

Emil hatte sich neben die Großmutter gesetzt und konnte kein Wort reden. Die alte Frau legte ihren Arm um ihn und sagte kopfschüttelnd: »Es ist doch kaum zu glauben. Es ist doch kaum zu glauben.«

Pony Hütchen stieg auf einen Stuhl, taktierte, als wäre eine Kapelle im Zimmer, und sang: »Nun laden wir, nun laden wir die andern Jungens zum Kaffee ein!«

»Ja«, sagte Emil, »das auch. Aber vor allem ... eigentlich könnte doch nun ... was denkt ihr ... Mutter auch nach Berlin kommen ...«

Siebzehntes Kapitel
FRAU TISCHBEIN IST SO AUFGEREGT

Am nächsten Morgen klingelte Frau Bäckermeister Wirth in Neustadt an der Tür von Frau Friseuse Tischbein. »Tag, Frau Tischbein«, sagte sie dann. »Wie geht's?«

»Morgen, Frau Wirth. Ich bin so sehr in Sorge! Mein Junge hat noch nicht eine Zeile geschrieben. Immer, wenn es klingelt, denke ich, es ist der Briefträger. Soll ich Sie frisieren?«

»Nein. Ich wollte nur mal herkommen, und . . . weil ich Ihnen etwas ausrichten soll.«

»Bitteschön«, sagte die Friseuse.

»Viele Grüße von Emil und . . .«

»Um Himmels willen! Was ist ihm passiert? Wo ist er? Was wissen Sie?«, rief Frau Tischbein. Sie war furchtbar aufgeregt und hob ängstlich beide Hände hoch.

»Aber es geht ihm doch gut, meine Liebe. Sehr gut sogar. Er hat einen Dieb erwischt. Denken Sie nur! Und die Polizei hat ihm eine Belohnung von tausend Mark geschickt. Was sagen Sie nun? Hm? Und da sollen Sie, mit dem Mittagszug, nach Berlin kommen.«

»Aber woher wissen Sie das denn alles?«

»Ihre Schwester, Frau Heimbold, hat eben aus Berlin bei mir im Geschäft angerufen. Emil hat auch ein paar Worte gesagt. Und Sie sollten doch ja kommen! Wo Sie jetzt so viel Geld hätten, wäre das doch zu machen.«

»So, so ... Ja freilich«, murmelte Frau Tischbein verstört. »Tausend Mark? Weil er einen Dieb erwischt hat? Wie ist er bloß auf die Idee gekommen? Nichts als Dummheiten macht er!«

»Aber es hat sich doch gelohnt! Tausend Mark sind doch eine Menge Geld!«

»Gehen Sie mir ja mit den tausend Mark!«

»Na, na, es kann einem Schlimmeres passieren. Also, werden Sie fahren?«

»Natürlich! Ich habe keinen Augenblick Ruhe, bis ich den Jungen gesehen habe.«

»Also, gute Reise. Und viel Vergnügen!«

»Danke schön, Frau Wirth«, sagte die Friseuse und schloss kopfschüttelnd die Tür.

Als sie, nachmittags, im Berliner Zug saß, erlebte sie eine noch größere Überraschung. Ihr gegenüber las ein Herr Zeitung. Frau Tischbein blickte nervös aus einer Ecke in die andere, zählte die Telegraphenmasten, die vorm Fenster vorbeizogen, und wäre am liebsten hinter den Zug gerannt, um zu schieben. Es ging ihr zu langsam.

Während sie so herumrutschte und den Kopf hin und her drehte, fiel ihr Blick auf die Zeitung gegenüber.

»Allmächtiger!«, rief sie und riss dem Herrn das Blatt aus der Hand. Der Herr dachte, die Frau sei plötzlich verrückt geworden, und kriegte Angst.

»Da! Da!«, stammelte sie. »Das hier ... das ist mein Junge!« Und sie stieß mit dem Finger nach einer Photographie, die auf der ersten Zeitungsseite zu sehen war.

»Was Sie nicht sagen!«, meinte der Mann erfreut. »Sie sind die Mutter von Emil Tischbein? Das ist ja ein Prachtkerl. Hut ab, Frau Tischbein, Hut ab!«

»So, so«, sagte die Friseusin. »Behalten Sie den Hut ruhig auf, mein Herr!« Und dann begann sie den Artikel zu lesen. Darüber stand in Riesenbuchstaben:

Ein kleiner Junge als Detektiv!
Hundert Berliner Kinder auf der Verbrecherjagd

Und dann folgte ein ausführlich spannender Bericht über Emils Erlebnisse vom Bahnhof in Neustadt bis ins Berliner Polizeipräsidium. Frau Tischbein wurde richtig blass. Und die Zeitung raschelte, als wäre es windig. Und dabei waren die Fenster verschlossen. Der Herr konnte es kaum erwarten, dass sie den Artikel zu Ende las. Doch der war sehr lang und füllte fast die ganze erste Seite aus. Und mittendrin saß Emils Bild.

Endlich legte sie das Blatt beiseite, sah ihn an und sagte: »Kaum ist er allein, macht er solche Geschichten. Und ich hatte ihm so eingeschärft, auf die hundertvierzig Mark aufzupassen! Wie konnte er nur so nachlässig sein! Als ob er nicht wüsste, dass wir kein Geld zum Stehlenlassen übrig haben!«

»Er ist eben müde geworden. Vielleicht hat ihn der Dieb sogar hypnotisiert. Das soll vorkommen«, meinte der Herr. »Aber finden Sie es denn nicht einfach bewundernswert, wie sich die Jungen aus der Affäre gezogen haben? Das war doch genial! Das war doch einfach großartig! Einfach großartig war doch das!«

»Das schon«, sagte Frau Tischbein geschmeichelt. »Er ist schon ein kluger Junge, mein Junge. Immer der Beste in der Klasse. Und fleißig dazu. Aber bedenken Sie doch, wenn ihm was zugestoßen wäre! Mir stehen die Haare zu Berge, obwohl ja alles längst vorüber ist. Nein, ich kann ihn nie mehr allein fahren lassen. Ich stürbe vor Angst.«

»Sieht er genauso aus wie auf dem Bild?«, fragte der Herr.

Frau Tischbein betrachtete das Photo wieder und sagte: »Ja. Genauso. Gefällt er Ihnen?«

»Großartig!«, rief der Mann. »So ein richtiger Kerl, aus dem später mal was werden wird.«

»Nur ein bisschen ordentlicher hinsetzen hätte er sich sollen«, zankte die Mutter. »Das Jackett schlägt lauter Falten. Er soll es stets aufknöpfen, bevor er sich setzt. Aber er hört ja nicht!«

»Wenn er keine größeren Fehler hat!«, lachte der Herr.

»Nein, Fehler hat er eigentlich keine, mein Emil«, sagte Frau Tischbein und putzte sich vor Rührung die Nase ...

Dann stieg der Herr aus.

Sie durfte die Zeitung behalten und las Emils Erlebnisse bis Berlin-Friedrichstraße immer wieder. Insgesamt elfmal.

Als sie in Berlin ankam, stand Emil schon auf dem Bahnsteig. Er hatte der Mutter zu Ehren den guten Anzug an, fiel ihr um den Hals und rief: »Na, was sagst du nun?«

»Sei nur nicht auch noch eingebildet, du Lümmel!«

»Ach, Frau Tischbein«, sagte er und hakte sich bei ihr unter, »ich freue mich ja enorm, dass du hier bist.«

»Besser ist dein Anzug bei der Verbrecherjagd auch nicht geworden«, meinte die Mutter. Aber es klang nicht etwa böse.

»Wenn du willst, krieg ich einen neuen Anzug.«

»Von wem denn?«

»Ein Kaufhaus will mir und dem Professor und Gustav neue Anzüge schenken und in den Zeitungen annoncieren, dass wir Detektive nur bei ihnen neue Anzüge kaufen. Das ist Reklame, verstehst du?«

»Ja, ich versteh.«

»Aber wir werden wahrscheinlich ablehnen, obwohl wir statt der langweiligen Anzüge auch jeder 'nen Fußball kriegen könnten«, erzählte Emil großspurig. »Denn weißt du, wir finden den Rummel, den man um uns macht, reichlich albern. Die Erwachsenen können so was, von uns aus, ja ruhig tun. Die sind nun mal so komisch. Aber Kinder sollten es bleiben lassen.«

»Bravo!«, sagte die Mutter.

»Das Geld hat Onkel Heimbold eingeschlossen. Tausend Mark. Ist das nicht herrlich? Vor allen Dingen kaufen wir dir eine elektrische Haartrockenanlage. Und einen Wintermantel, innen mit Pelz gefüttert. Und mir? Das muss ich mir erst überlegen. Vielleicht doch einen Fußball. Oder einen Photographenapparat. Mal sehn.«

»Ich dachte schon, wir sollten das Geld lieber aufheben und zur Bank bringen. Später kannst du es sicher mal sehr gut brauchen.«

»Nein, du kriegst den Trockenapparat und den warmen

Mantel. Was übrig bleibt, können wir ja wegbringen, wenn du willst.«

»Wir sprechen noch darüber«, sagte die Mutter und drückte seinen Arm.

»Weißt du schon, dass in allen Zeitungen Photos von mir sind? Und lange Artikel über mich?«

»Einen hab ich schon im Zug gelesen. Ich war erst sehr unruhig, Emil! Ist dir gar nichts geschehen?«

»Keine Spur. Es war wunderbar! Na, ich erzähle dir alles noch ganz genau. Erst musst du aber meine Freunde begrüßen.«

»Wo sind sie denn?«

»In der Schumannstraße. Bei Tante Martha. Sie hat gleich gestern Apfelkuchen gebacken. Und dann haben wir die ganze Bande eingeladen. Sie sitzen jetzt zu Hause und machen Krach.«

Bei Heimbolds war wirklich ein toller Betrieb. Alle waren sie da: Gustav, der Professor, Krummbiegel, die Gebrüder Mittenzwey, Gerold, Friedrich der Erste, Traugott, der kleine Dienstag und wie sie hießen. Die Stühle reichten kaum. Pony Hütchen rannte mit einer großen Kanne von einem zum andern und schenkte heiße Schokolade ein. Und Tante Marthas Apfelkuchen war ein Gedicht! Die Großmutter saß auf dem Sofa, lachte und schien zehn Jahre jünger.

Pony Hütchen rannte mit einer großen Kanne von einem zum andern.

Als Emil mit seiner Mutter kam, gab's eine große Begrüßung. Jeder Junge gab Frau Tischbein die Hand. Und sie bedankte sich bei allen, dass sie ihrem Emil so geholfen hatten. »Also«, sagte der dann, »die Anzüge oder die Fußbälle, die nehmen wir nicht. Wir lassen mit uns keine Reklame machen. Einverstanden?«

»Einverstanden!«, rief Gustav und hupte, dass Tante Marthas Blumentöpfe klapperten.

Dann klopfte die Großmutter mit dem Löffel an ihre goldne Tasse, stand auf und sagte: »Nun hört mal gut zu, ihr Kadetten. Ich will nämlich eine Rede halten. Also, bildet euch bloß nichts ein! Ich lobe euch nicht. Die andern haben euch schon ganz verrückt gemacht. Da tu ich nicht mit. Nein, da tu ich nicht mit!«

Die Kinder waren ganz still geworden und wagten nicht einmal weiterzukauen.

»Hinter einem Dieb herschleichen«, fuhr die Großmutter fort, »und ihn mit hundert Jungen einfangen – na, das ist keine große Kunst. Kränkt euch das, ihr Genossen? Aber es sitzt einer unter euch, der wäre auch gerne auf den Zehenspitzen hinter Herrn Grundeis hergestiegen. Der hätte auch gerne als grüner Liftboy im Hotel rumspioniert. Aber er blieb zu Hause, weil er das einmal übernommen hatte, jawohl, weil er das einmal übernommen hatte.«

Alle blickten den kleinen Dienstag an. Der hatte einen himbeerroten Kopf und schämte sich.

»Ganz recht. Den kleinen Dienstag meine ich. Ganz recht!«, sagte die Großmutter. »Er hat zwei Tage am Telefon gesessen. Er hat gewusst, was seine Pflicht war. Und er hat sie getan, obwohl sie ihm nicht gefiel. Das war großartig, verstanden? Das war großartig! Nehmt euch an ihm ein Beispiel! Und nun wollen wir alle aufstehen und rufen: Der kleine Dienstag, er lebe hoch!«

Die Jungen sprangen auf. Pony Hütchen hielt die Hände wie eine Trompete vor den Mund. Tante Martha und Emils Mutter kamen aus der Küche. Und alle riefen: »Er lebe hoch! Hoch! Hoch!«

Dann setzten sie sich wieder. Und der kleine Dienstag holte tief Atem und sagte: »Danke schön. Doch das ist übertrieben. Ihr hättet das auch getan. Klar! Ein richtiger Junge tut, was er soll. Basta!«

Pony Hütchen hielt die große Kanne hoch und rief: »Wer will noch was zu trinken, ihr Leute? Jetzt wollen wir mal auf Emil anstoßen!«

Achtzehntes Kapitel
Lässt sich daraus was lernen?

Gegen Abend verabschiedeten sich die Jungen. Und Emil musste ihnen hoch und heilig versprechen, am nächsten Nachmittag mit Pony Hütchen zum Professor zu kommen. Dann lief Onkel Heimbold ein, und es wurde gegessen. Hinterher gab er der Schwägerin, Frau Tischbein, die tausend Mark und riet ihr, das Geld auf eine Bank zu schaffen.

»Das war sowieso meine Absicht«, sagte die Friseuse.

»Nein!«, rief Emil. »Da macht mir das Zeug gar keinen Spaß. Mutter soll sich einen elektrischen Trockenapparat kaufen und einen Mantel, der innen mit Pelz gefüttert ist. Ich weiß gar nicht, was ihr wollt! Das Geld gehört doch mir. Damit kann ich machen, was ich will! Oder nicht?«

»Damit kannst du gar nicht machen, was du willst«, erklärte Onkel Heimbold. »Du bist doch ein Kind. Und die Entscheidung, was mit dem Geld geschehen soll, hat deine Mutter zu treffen.«

Emil stand vom Tisch auf und trat ans Fenster.

»Alle Wetter, Heimbold, bist du ein Dickschädel«,

sagte Pony Hütchen zu ihrem Vater. »Siehst du denn nicht, dass Emil sich so darauf freut, seiner Mutter was zu schenken? Ihr Erwachsenen seid manchmal kolossal hart verpackt.«

»Natürlich kriegt sie den Trockenapparat und den Mantel«, meinte die Großmutter. »Aber was übrig bleibt, das wird auf die Bank geschafft, nicht wahr, mein Junge?«

»Jawohl«, antwortete Emil. »Bist du einverstanden, Muttchen?«

»Wenn du durchaus willst, du reicher Mann!«

»Wir gehen gleich morgen früh einkaufen. Pony, du kommst mit!«, rief Emil zufrieden.

»Denkst du vielleicht, ich fange inzwischen Fliegen?«, sagte die Kusine. »Aber du musst dir auch was kaufen. Natürlich soll Tante Tischbein ihren Haartrockner kriegen, aber du wirst dir 'n Rad kaufen, verstanden, damit du deinen Kusinen die Räder nicht kaputtzufahren brauchst.«

»Emil«, fragte Frau Tischbein besorgt, »hast du Ponys Rad kaputtgemacht?«

»I wo, Mutter, ich hab ihr bloß den Sattel ein bisschen höher gestellt, sie fährt immer auf so 'nem ganz niedrigen, bloß aus Afferei, um wie eine Rennfahrerin auszusehen.«

»Selber Affe«, rief Hütchen, »wenn du noch mal mein Rad verstellst, ist es mit uns beiden aus, verstanden?«

»Wenn du nicht ein Mädchen wärst und dünn wie eine Strippe, würde ich dich mal Moritz lehren, mein Kind. Außerdem will ich mich heut nicht ärgern, aber was ich mir von dem Geld kaufe oder nicht kaufe, geht dich gar nichts an.« Und Emil steckte bockig beide Fäuste in die Hosentaschen.

»Zankt euch nicht, haut euch nicht, kratzt euch lieber die Augen aus«, meinte die Großmutter beruhigend. Und das Thema wurde fallen gelassen.

Später brachte Onkel Heimbold den Hund hinunter. Das heißt: Heimbolds hatten gar keinen Hund, aber Pony nannte es immer so, wenn der Vater abends ein Glas Bier trinken ging.

Dann saßen die Großmutter und die beiden Frauen und Pony Hütchen und Emil in der Stube und sprachen über die vergangenen Tage, die so aufregend gewesen waren.

»Nun, vielleicht hat die Geschichte auch ihr Gutes gehabt«, sagte Tante Martha.

»Natürlich«, meinte Emil. »Eine Lehre habe ich bestimmt daraus gezogen: Man soll keinem Menschen trauen.«

Und seine Mutter meinte: »Ich habe gelernt, dass man Kinder niemals allein verreisen lassen soll.«

»Quatsch!«, brummte die Großmutter. »Alles verkehrt. Alles verkehrt!«

»Quatsch, Quatsch, Quatsch!«, sang Pony Hütchen und ritt auf einem Stuhl durchs Zimmer.

»Du meinst also, aus der Sache ließe sich gar nichts lernen?«, fragte Tante Martha.

»Doch«, behauptete die Großmutter.

»Was denn?«, fragten die anderen wie aus einem Munde.

»Geld soll man immer nur per Postanweisung schicken«, brummte die Großmutter und kicherte wie eine Spieldose.

»Hurra!«, rief Pony Hütchen und ritt auf ihrem Stuhl ins Schlafzimmer.

Kinderbücher
von Erich Kästner

Als ich ein kleiner Junge war
Das doppelte Lottchen
Emil und die Detektive
Emil und die drei Zwillinge
Das fliegende Klassenzimmer
Der 35. Mai
Der kleine Mann
Der kleine Mann und die kleine Miss
Die Konferenz der Tiere
Pünktchen und Anton

Cecilie Dressler Verlag

Kinderbücher
von Erich Kästner

Cecilie Dressler Verlag

Erich Kästner
Die Konferenz der Tiere

»Wir werden die Welt schon in Ordnung bringen!
Wir sind ja schließlich keine Menschen.«
Aus Wut über den Zustand der Welt schrieb Kästner
1949 eines seiner berühmtesten Bücher.
»DIE KONFERENZ DER TIERE« wurde ein
leidenschaftlicher Appell für die Rechte
der Kinder, gegen Krieg und Gewalt,
gegen Dummheit und Ignoranz.
Dieses auch international sehr bekannte Buch
erscheint nun wieder in seiner ursprünglichen Gestalt:
mit allen Farbillustrationen von Walter Trier,
im großen Bilderbuchformat
und in liebevoller Ausstattung.

Atrium Verlag

Erich Kästner
Als ich ein kleiner Junge war

Der erwachsene Erich Kästner erinnert sich
in diesem Buch an seine Kindheit im schönen Dresden.
Er erzählt nicht von Streichen und Heldentaten,
sondern von alltäglichen, lustigen und
nachdenklich stimmenden Erlebnissen
und immer wieder von seinen Eltern,
denen er mit diesem Buch
ein liebevolles Denkmal setzte.
»Als ich ein kleiner Junge war«
ist auch als bibliophile Ausgabe mit
vielen Farbillustrationen
von Peter Knorr lieferbar.

Cecilie Dressler Verlag
Atrium Verlag